LA VENGEANCE DU VAMPIRE

Castor Poche
Collection animée par
François Faucher, Hélène Wadowski,
Martine Lang et Cécile Fourquier

Titre original :

THE VAMPIRE'S REVENGE

Une production de l'Atelier du Père Castor

WILLIS HALL

LA VENGEANCE DU VAMPIRE

Traduit de l'anglais (Grande-Bretagne)
par Hervé Zitvogel

Illustrations de
GAËTAN DE SEGUIN

Castor Poche Flammarion

Chapitre 1

— Aïe ! Allons bon. La barbe !

Le comte posa son rasoir. D'un doigt précautionneux, il se palpa le menton. Puis il rassembla son courage et regarda son doigt.

Berk. C'était rouge. Du sang !

Le comte sentit ses jambes flageoler.

Car le comte Alucard avait beau être un authentique vampire (végétarien, mais descendant direct des Dracula), il ne supportait pas la vue du sang – et du sien moins que tout autre.

La journée commençait mal.

Le comte serra les dents, les yeux braqués sur le petit miroir ébréché, au-dessus du lavabo minuscule.

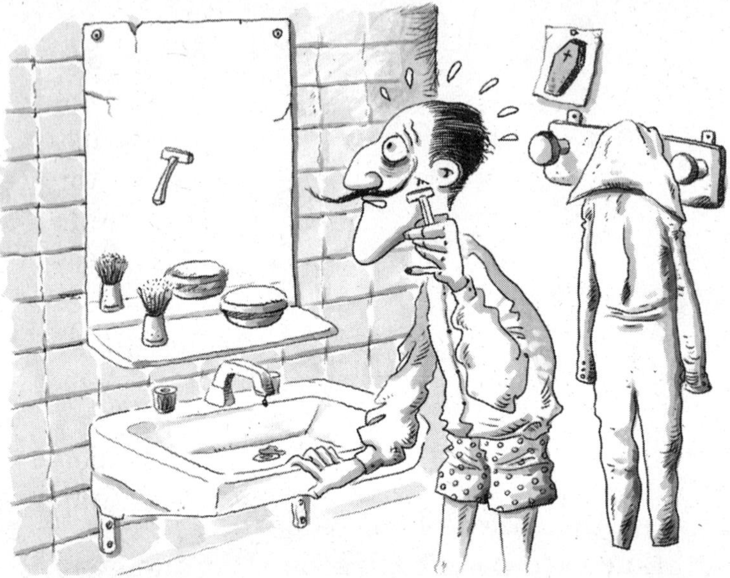

Le miroir, à vrai dire, ne lui était pas d'un grand secours : en vampire authentique, le comte n'avait pas de reflet. Or être privé de reflet n'a jamais facilité le rasage. Même si le handicap est de naissance, et qu'on a donc un peu l'habitude. Quoi qu'il en soit, habitué ou pas, l'infortuné comte Alucard se coupait le menton un matin sur quatre.

Il tamponna la plaie et empoigna son peigne.

En principe, se coiffer non plus n'a rien de commode, en l'absence de reflet : allez donc tracer une raie droite ! Mais, ce problème-là, le comte l'avait résolu une fois pour toutes. Il ratissait vers l'arrière, en bloc, ses cheveux d'un noir de corneille. Une noix de mousse pour se les plaquer sur le crâne, et le tour était joué. Bon, c'était un peu rétro, comme look ; mais au moins on n'avait pas à se soucier de raie.

Le comte ravala un soupir. Il n'avait pas le moral bien fringant, ce matin-là. Et pas seulement parce qu'il s'était coupé en se rasant. Pas seulement parce qu'il aurait mieux aimé changer de coiffure de temps en temps et se faire une belle raie sur le côté.

La vérité est que le comte aurait préféré, par moments, être un mortel ordinaire. Il avait beau porter fièrement le nom de ses ancêtres – tout juste écrit à l'envers, par mesure de sécurité –, certains matins il s'éveillait en regrettant d'être né vampire.

Et l'on était précisément l'un de ces matins.

Dans le miroir, à défaut de son reflet, le comte avait vue sur la chambrette qu'il occupait présentement, chez une gentille logeuse, dans la campagne anglaise.

Il avait vue sur la grande armoire et sur la commode assortie, avec son petit napperon au crochet et ses fleurs des champs dans un pichet. Il avait vue sur le tableautin encadré d'or – deux chatons candides dans un panier rond –, au-dessus du lit de cuivre garni d'un couvre-pied fleuri.

Le lit était fait au carré, impeccable, sans un pli.

Ici, l'honnêteté oblige à dire que ce n'était pas le comte qui avait refait son lit, sitôt levé, méticuleusement. En vérité, il n'avait pas dormi dedans. En vampire qui se respecte, il reposait d'un meilleur sommeil dans le grand cercueil de bois noir, tout capitonné de satin, qui occupait pour l'heure un bon tiers de la chambre.

Ce précieux meuble d'appoint, il l'avait introduit là un soir, clandestinement, profitant de l'heure où sa logeuse, la bonne Mme Prendergast, cherchait rituellement son chat à travers tout le quartier. De jour, l'encombrant objet disparaissait dans la penderie.

La petite chambre, à la réflexion, n'avait rien de détestable. Un peu exiguë, bien sûr, comparée aux salles du château où avait grandi le comte – un vrai cinq étoiles médiéval avec ses immenses voûtes de pierre, ses tourelles, son donjon et ses escaliers en spirale.

Mais à quoi bon les regrets ? Le château n'était plus qu'un tas de pierres. Le comte avait tout perdu en une nuit, quelques années auparavant. Cette nuit-là – nuit tragique –, les gens de la bourgade blottie au pied du mont, persuadés que l'héritier du nom était aussi malfaisant que ses ancêtres, avaient pris d'assaut la bâtisse, armés de faux, de fourches, de gourdins et de torches. Et, aux cris de « Sus aux vampires ! », ils l'avaient changée en brasier.

Le comte en frémissait encore. Il avait bien failli rôtir.

Oh ! ce n'était pas la première fois que la demeure familiale souffrait de ce genre de vandalisme. Trois fois le fier château avait été bâti sur son piton, en nid d'aigle ; trois fois les habitants de la bourgade à son pied étaient montés à l'assaut pour le détruire et en occire l'occupant.

Si encore le comte avait été un *vrai* vampire ! S'il avait été un monstre assoiffé de sang, comme son grand-père et son arrière-grand-père !

Mais pas du tout. C'était un tendre, comme son pauvre père. Il avait bien, indéniablement, les canines un peu pointues. Mais son plaisir à lui était de les planter dans des navets juteux, dans d'exquises betteraves à chair pourpre, dans toutes sortes de fruits rouges ou mieux encore – festin suprême – dans de succulentes oranges sanguines. Manger de la viande ? Pouah, quelle horreur ! Même cuit et recuit en semelle, le bifteck lui levait le cœur.

Au fond, son unique point commun avec ses illustres aïeux, c'était son aisance à se muer en chauve-souris. Pas en vampire, il va de soi. Non, lui, à la tombée de la nuit, il se faisait chauve-souris frugivore, une de ces timides bestioles friandes de fruits et de nectar de fleurs.

Las ! Descendant des Dracula, le comte payait pour ses ancêtres.

***

— Monsieur Alucard ?

La voix de sa gentille logeuse frappant discrètement à la porte ramena le comte à la réalité.

Elle l'appelait, bien entendu, du nom qu'il avait choisi d'inscrire dans le cahier des visiteurs, sur le guéridon de l'entrée. Même à des milliers de kilomètres de sa Transylvanie natale, mieux valait ne pas prendre de risques. S'annoncer comme *comte* Alucard, c'était aller au-devant des ennuis.

— Monsieur Alucard ? Vous êtes levé, s'il vous plaît ? Je peux vous déranger une seconde ?

— Un instant, chère madame ! bredouilla le comte. Une petite minute.

Traversant la chambre en trois enjambées, il empoigna le cercueil à bras-le-corps, ouvrit la grande armoire vide et y escamota l'objet. Puis il referma l'armoire sans bruit et, repassant devant le lit, il plissa un peu le couvre-pied tout en boxant l'oreiller. Enfin, lissant d'une main son peignoir de soie noire et de l'autre ses cheveux d'ébène, il prit place dans le fauteuil d'osier, près de la fenêtre, croisa les mains sur ses genoux et lança :

— Entrez, entrez, je vous en prie !

— Bonjour, monsieur Alucard, le salua sa logeuse, toute ronde, toute ridée, tout sourire, et elle lui tendit une grande enveloppe. Vous avez reçu ceci au courrier, ce matin.

— Merci, chère madame, répondit le comte, sautant sur ses pieds pour une gracieuse courbette.

Puis il saisit l'enveloppe entre ses longs doigts pâles et se retint de glapir de joie.

Il n'avait pas besoin de l'ouvrir pour savoir ce qu'elle contenait : c'était le dernier numéro de son mensuel favori, *La Gazette du fabricant de cercueils.*

— Je voulais vous demander, aussi, ajouta Mme Prendergast. Peut-être accepterez-vous un vrai petit déjeuner, aujourd'hui ?

Tout en parlant, elle furetait du regard à travers la pièce. Mis à part le lit, encore défait – oh ! à peine –, tout était impeccable. Pas un bibelot de travers, pas un grain de poussière. Rien à dire, tout était nickel. Exactement comme au premier jour, après le grand nettoyage qu'elle avait effectué elle-même, armée de son aspirateur, de son fidèle plumeau et d'un bidon d'encaustique.

Quel locataire méticuleux, songeait la vieille dame attendrie. Oui, ce monsieur Alucard était une perle et, pour le garder longtemps, elle était prête à se mettre en quatre. Sûrement, de bons petits plats pourraient-ils y contribuer ? Sans compter qu'il était si pâle ! Un petit changement de régime ne lui ferait que du bien.

— Que diriez-vous de bonnes saucisses grillées ? Avec du bacon croustillant ?

— Oh non, non, je vous remercie, répondit le comte en hâte. C'est gentil à vous, mais je préfère mon jus d'orange et mon pamplemousse, comme d'habitude, si vous le voulez bien.

La logeuse parut déçue.

— Vraiment ? Vous êtes sûr ? Et une petite tranche de pain grillé avec du beurre au sel de mer ? Non ? J'ai de l'excellent pain complet...

— Bon, si vous insistez, murmura le comte en esquissant un pas vers elle pour la refouler doucement vers la porte. Entendu pour une tartine grillée, une petite, vous êtes trop aimable. Mais ce sera tout, je vous assure.

Il lui tardait terriblement d'ouvrir cette grande enveloppe et de feuilleter sa chère *Gazette*. Depuis le temps qu'il passait ses nuits dans un cercueil acheté en solde (celui-là même qu'il venait de caler de biais dans l'armoire), le capiton avait perdu beaucoup de son moelleux. Quant au repose-tête en satin, il était tout élimé. L'heure avait sonné, songeait le comte, d'investir dans un cercueil neuf. Peut-être le modèle de ses rêves figurait-il dans les pages de son magazine favori ?

Sitôt la porte refermée, le comte déchira l'enveloppe brune et se plongea dans ses rêves sur papier glacé. Oui, la Rolls du cercueil était là, en couleurs – somptueuse, en acajou massif avec finitions de cuivre poli. Le comte en eut le cœur battant. Dès que possible, il passerait commande. Allons, la vie valait d'être vécue !

Tout guilleret, il referma le magazine, retira son peignoir de soie et entreprit de s'habiller.

Même sans miroir, ou plutôt sans reflet, le comte se faisait un point d'honneur d'être toujours tiré à quatre épingles. Simple question de discipline. De toute manière, été comme hiver, il portait la même tenue : habit de soirée noir, chemise blanche empesée, nœud papillon noir, et petit médaillon d'or pendu à son cou par une chaînette. Pour sortir, il jetait sur ses épaules sa grande cape noire doublée de satin rouge.

Tout en ajustant son nœud papillon, le comte se prit à siffloter. Le léger accès de morosité qui avait assombri son lever était passé comme par enchantement. Il se sentait le cœur allègre, il avait même un peu faim. Oh ! les exquises oranges sanguines dont sa logeuse allait tirer un jus divin ! Et le pamplemousse rosé, choisi tout exprès pour lui ! Elle le coupait en deux, le saupoudrait de cassonade et, au centre de chaque moitié, elle déposait une cerise confite du plus beau rouge.

Le comte se passa la langue sur les lèvres. Même le pain grillé beurré semblait une excellente idée, pour finir. Il était le plus heureux des hommes. Et sa chambrette, même exiguë, avait tout d'un petit paradis.

***

Avant de descendre à la cuisine, le comte jeta un coup d'œil à la fenêtre. Juin éclaboussait de couleurs le jardinet de Mme Prendergast. Le chèvrefeuille embaumait l'air tiède, les roses trémières tanguaient dans la brise et là-bas, derrière la haie verte qui bordait la route…

Là-bas, derrière la haie verte qui bordait la route, cheminait un groupe de gens du village.

Ils étaient encore loin, mais le comte avait d'assez bons yeux pour voir qu'ils brandissaient des faux, des fourches, des binettes, des rateaux…

Un joyeux club de jardiniers en expédition

champêtre ? Hélas, le comte en savait trop pour se faire cette illusion-là.

Il marmotta pour lui-même :

— Oh non ! Voilà que l'histoire bégaye une fois de plus ! Mais comment diable ont-ils fait pour savoir que je logeais ici ?

Puis il avisa l'enveloppe brune qui traînait encore sur le lit.

Il aurait dû s'en douter ! Elle était bel et bien adressée au *comte* Alucard, et portait un superbe cachet de la Poste de Transylvanie, accompagné de la mention : *Faire suivre*.

Son regard revint à la fenêtre. La petite délégation approchait, sa rumeur grondante portée par la brise. Cinq ou six têtes familières figuraient à l'avant de la troupe : le laitier, l'épicier, le tenancier du pub *Far Inn*, sans parler – oui, bien sûr – du facteur en personne.

Nul besoin d'être Sherlock Holmes pour deviner qui avait ébruité qu'un descendant des Dracula logeait chez cette bonne Mme Prendergast.

Car, sur ce point au moins, le comte n'avait aucun doute : sa gentille logeuse était hors de cause. Même si elle avait repéré sur l'enveloppe, nonobstant sa vue basse, le titre de noblesse et le cachet de la poste, elle n'était pas du genre à le crier sur les toits. Non, Mme Prendergast était bien trop discrète pour faire courir des bruits.

Alors que le facteur…

Mais l'heure n'était pas aux devinettes. Le petit bataillon approchait. Certains manifestants brandissaient des pancartes, et le comte pouvait déchiffrer les slogans barbouillés à la diable :

SUS AUX VAMPIRES !
DRACULA GO HOME !
PAS DE MONSTRES À
CROYDON-ST. THOMAS !

Il n'y avait pas une seconde à perdre. D'ici deux minutes, pas plus, l'essaim furieux envahirait l'allée du jardin.

Le comte saisit sa cape à la patère, il glissa son précieux magazine dans sa poche de smoking et dégringola les marches de l'escalier ciré.

Dans la cuisine, Mme Prendergast sursauta en le voyant surgir à la porte.

— Oh, monsieur Alucard ! Vous m'avez fait peur ! J'allais justement…

— Pardonnez-moi, chère madame, coupa

le comte. Hélas, je n'ai plus le temps de vous expliquer, mais voyez-vous, je dois partir. Dans votre intérêt comme dans le mien.

— Partir ? Et où donc ? Et votre petit déjeuner ? Regardez ce pamplem…

— Chuuut, chère madame ! fit le comte, un doigt sur les lèvres, tout en plaquant dans la main de sa logeuse une petite liasse de billets transylvaniens. Tenez. Voici le règlement de ma pension, plus une modeste somme afin de vous dédommager des ennuis que bien malgré moi, j'en ai peur, j'ai attirés sur vous. La raison de ce départ précipité vous sera bientôt dévoilée. Efforcez-vous de ne pas me juger trop sévèrement, je vous en supplie. Et merci pour toutes vos bontés. Croyez bien qu'aucune d'elles n'est passée inaperçue…

Le comte posa la main sur la poignée de la porte donnant sur l'arrière-jardin.

— Oh ! et j'oubliais, ajouta-t-il. Si vous jetez un coup d'œil dans l'armoire, vous y verrez une longue boîte en bois, une sorte de coffre, ahum… que je suis obligé de laisser ici. Je vous serais infiniment reconnaissant, si ce n'était trop demander, de veiller sur cet objet jusqu'à… jusqu'à ce que j'aie l'occasion de vous communiquer une adresse de réexpédition. Voilà. Tous mes hommages, bien chère madame, et encore merci pour tout. Adieu !

Alors, sur une dernière courbette, le comte ouvrit la porte de derrière et s'éclipsa par l'arrière-jardin.

— Par exemple ! murmura Mme Prendergast. Du diable si j'y comprends goutte.

Au même instant, on tambourina à la porte d'entrée.

La bonne dame n'allait pas tarder à comprendre.

***

Le cœur serré, à quatre pattes derrière le muret du cimetière, le comte Alucard regardait son cher cercueil partir pour une destination inconnue, ballotté sur les épaules du facteur et du laitier.

Cinq minutes plus tôt, il avait vu les deux hommes entrer dans le cottage d'un pas de matamore, malgré les hauts cris de sa logeuse. Le reste de la troupe faisait le guet sur le pas de la porte.

Et maintenant, forts de la certitude que

l'hôte indésirable avait plié bagage, ils repartaient en triomphe, arme à l'épaule et brandissant haut le cercueil vide, symbole de la victoire. Grâce à eux, Croydon-St. Thomas était débarrassé de Dracula !

Le comte soupira tout bas. Au moins, il en était sûr, ils n'avaient pas touché à un cheveu de sa logeuse. Aussitôt après leur départ, il l'avait vue ressortir pour aller nourrir ses lapins en leur parlant à mi-voix, comme elle le faisait toujours.

Allons, les dommages étaient limités, tout compte fait. Il avait simplement perdu un toit – et un cercueil un peu défraîchi, quoique en parfait état d'usage.

Mais de quel droit, se disait-il, sentant monter sa colère, de quel droit emportaient-ils ce qui ne leur appartenait pas ? De quel droit s'en prenaient-ils à lui, qui n'avait strictement rien fait ?

Hélas, il en avait toujours été ainsi – et il en serait toujours ainsi, à l'évidence. Lui qui jamais n'avait fait de mal à personne, pas même à un escargot, une araignée ou un moucheron, il était honni, banni, pourchassé à travers toute l'Europe.

Et maintenant, où aller ?

Le comte s'assit dans les hautes herbes,

adossé au muret de pierres, et se mit à réfléchir.

Il avait tout le temps de réfléchir. Dans l'immédiat, mieux valait rester invisible. Sûrement, les chasseurs de vampire avaient déclenché l'alerte. Tout le village et ses alentours devaient être sur le qui-vive, prêts à lui mettre la main au collet. Non, le plus sage était d'attendre la nuit et de se faire chauve-souris pour repartir chercher fortune, ou plutôt l'anonymat.

En Irlande, peut-être ? Ou en France ?

Le comte étira ses longues jambes et regarda une fourmi escalader sa cheville.

De son poste d'observation, il avait vue sur les tombes, tout enluminées de lichens. Dans l'air immobile, pas un son, hormis le vol ensommeillé d'un bourdon et les chants alternés de deux criquets se contant fleurette sous le lierre.

Le comte s'allongea dans l'herbe. Le ciel était d'un bleu insondable. Était-il rien de plus beau que ce bleu d'encre un matin d'été ? Sinon peut-être le ciel de nuit, contemplé tête en bas, sous forme de chauve-souris ?

Le rugissement d'un avion déchirant le ciel au-dessus de sa tête trancha net ses rêveries.

L'appareil volait bas et perdait de l'altitude, prêt à se poser sur l'aéroport voisin. Sur le fuselage était inscrit en lettres énormes :

AMERICAN AIRLINES

Ah ! l'Amérique, songea le comte. Voilà un pays où, à ce qu'on dit, on juge les individus pour ce qu'ils sont. Pas pour ce qu'ont fait leurs ancêtres, ni pour le lieu d'où ils viennent.

Oui, mais l'Amérique, c'était loin. Bien trop pour aller là-bas d'un coup d'aile de chauve-souris.

Encore que…

Chapitre 2

— Franchement, Hiram, bougonnait Hetty Goddam, plantée devant ses quinze robes de soirée serrées dans l'étroite penderie, j'aimerais qu'on m'explique un peu ! Tant qu'à faire la traversée par bateau, tu aurais au moins pu demander une cabine plus spacieuse. On se croirait dans une boîte d'allumettes !

— Boîte d'allumettes, boîte d'allumettes, grommela le dénommé Hiram en roulant son cigare d'un coin de sa bouche à l'autre. Je te ferai remarquer, ma chère, que pas mal de gens, à bord, ont une cabine plus étriquée que ta penderie !

Tout en parlant, il s'escrimait sur un nœud papillon rétif.

Rien n'est plus exaspérant qu'un nœud papillon rétif, sauf peut-être une épouse ronchon. Et Hiram P. Goddam, célèbre producteur de cinéma et propriétaire-fondateur des non moins célèbres studios Mamma Mia, avait pour l'heure affaire aux deux.

Il repartit à l'attaque :

— Et ce que j'aimerais qu'on m'explique, moi, c'est pourquoi il te faut quinze robes de soirée pour une traversée qui comptera, en tout, quatre soirées !

— Parce que j'aime avoir le choix, voilà pourquoi, répondit Mme Goddam (sixième épouse en titre), décrochant une robe fuchsia et la posant sur son bras dodu pour vérifier si le coloris s'accordait à son bronzage. Et moi j'aimerais qu'on m'explique pourquoi il a fallu embarquer sur ce sabot, quand nous aurions pu si bien traverser l'Atlantique en Concorde !

— Hetty ! explosa Goddam en dénouant son nœud papillon pour la énième fois. Je te l'ai dit et redit : nous nous offrons cette petite croisière parce qu'elle me fournit le temps de travailler. (Il pointa son cigare en direction d'une tour de Pise sur sa table de nuit.) Tu vois cette pile de classeurs, là ? Eh bien, ce sont des scénarios. Et il faut que je les aie tous lus d'ici à notre arrivée à New York ! Si nous avions pris le Concorde, j'aurais à peine eu le temps de lire le journal.

— Des scénarios. Des scénarios. Tu n'as donc rien d'autre en tête ? rétorqua Hetty en enfilant la robe sélectionnée. (Il ne restait qu'à déterminer laquelle de ses onze paires de chaussures s'accordait le mieux à ce rose.) Il n'y a tout de même pas que le cinéma, dans la vie ! Sans compter que, si tu n'avais pas bourré une pleine valise de scénarios, j'aurais pu caser les escarpins qui…

— Il n'y a peut-être pas que le cinéma dans la vie, coupa Goddam en tirant de féroces bouffées de son cigare. Mais permets-moi de te dire, ma chère, que si, dans les six mois qui viennent, je ne sors pas un film à succès, tu seras peut-être obligée de te contenter d'une paire de tennis !

Sur ce, il tira d'un coup sec sur ce sacré nœud papillon.

Car il n'y avait pas que ce nœud et les extravagances de sa femme qui troublaient sa sérénité. Les derniers films sortis des studios Mamma Mia avaient été de superbes flops.

Frankenstein joue de la contrebasse avait perdu des milliards de dollars.

Les Sept Clones du loup-garou avait fait salle vide dans le monde entier.

Et *Belzébuth sur roller-in-line*, sa toute dernière production, prenait un fort mauvais départ.

Hiram P. Goddam avait toutes les raisons d'être d'une humeur de pitbull.

— Et laisse-moi te dire, Hetty ! Si, dans la pile que tu vois là, je ne déniche pas un chef-d'œuvre, tu vas en avoir l'usage, de tes trente paires de tatanes ! Parce qu'il se pourrait bien que, toi et moi, on rentre à Hollywood *à pied* !

D'un geste théâtral, il jeta son cigare par le hublot, et suivit des yeux sa courbe de braise sur fond de houle sombre.

Le *Lunatic* avait pris la mer l'après-midi même à Southampton, mais déjà le fringant paquebot, descendant la Manche à la vitesse de quarante nœuds, s'apprêtait à entrer dans les eaux de l'Atlantique et du grand large.

— À Hollywood à pied ? s'étrangla Hetty, entre rire et indignation. Comme d'habitude, n'est-ce pas ? On connaît le refrain ! Nous sommes ruinés, fauchés, fichus ! Plus un sou devant nous et tout le reste ! Tiens, dis-moi plutôt laquelle de ces broches va le mieux avec ma robe : le caniche en diamants ou le mammouth en saphirs ?... Hiram ?... Hiram, tu m'écoutes ?

Non, Hiram n'écoutait pas. Le nez au hublot, il marmottait, une main sur son crâne chauve :

— Ça, par exemple ! Hetty, viens voir !

— Voir quoi ? grogna Hetty, jetant un coup d'œil au hublot par-dessus l'épaule maritale. Je ne vois rien du tout, oui. Rien que de l'eau.

— Oui, rien que de l'eau..., murmura le producteur. Elle est partie.

— Partie ? Qui ça, *elle* ? Si tu t'exprimais clairement, je comprendrais peut-être un peu.

— Tu ne vas pas me croire, Hetty, prévint le producteur, prudent. Mais je viens de voir passer... une *chauve-souris*.

— Une chauve-souris ? Tu as bien dit : une chauve-souris ?

— Je l'ai bien dit et je l'ai bien vue : une chauve-souris. Qui voletait devant ce hublot comme si elle cherchait quelque chose.

— Les chauves-souris, commenta Hetty, ça a toujours l'air de chercher quelque chose. Mais ne sois pas ridicule. Une chauve-souris de mer ? Tu repasseras.

— N'empêche que c'en était une. Toute noire. Avec de grandes ailes, de petits yeux ronds et des dents pointues, pointues.

— Hiram. Puis-je te rappeler que nous ne sommes pas dans un film d'épouvante ? Puis-je te rappeler que nous ne sommes pas dans tes chers studios Mamma Mia, en train de tourner une de tes horreurs à faire dresser les cheveux sur la tête ? Nous sommes sur un paquebot, très cher, un respectable rafiot qui entame sa traversée de l'Atlantique. Et, si tu n'actives pas le mouvement, nous allons être en retard pour notre premier dîner à bord. Tu ne voudrais pas me faire manquer ce premier dîner, Hiram, n'est-ce pas ?

— Non, bien sûr, mais…

— Et qui plus est, ce soir, je te rappelle, nous dînons à la table du capitaine. Tu ne te soucies peut-être pas de faire preuve de bonne éducation, mais moi si. Et la bonne éducation consiste à faire son apparition *avant* que le reste des convives ait déjà terminé le potage.

— Mais, Hetty…

— Il n'y a pas de « mais, Hetty ». Je te donne exactement deux minutes pour finir de nouer ce nœud papillon, enfiler ton complet, te chausser et descendre avec moi à la salle à manger. Sinon, Hiram, j'y descendrai seule, et tu pourras te faire livrer un jambon-beurre dans cette cabine. Suis-je assez claire ?

— Oui, très chère, murmura le célèbre producteur, propriétaire et fondateur des studios Mamma Mia.

Et ses doigts nerveux reprirent leur bataille avec ces fichus pans de nœud papillon qui lui pendaient le long du cou.

***

Par les hublots de la salle à manger, ouverts sur le soir d'été, les premières mesures d'une valse fusèrent vers le ciel étoilé. L'orchestre attaquait la soirée.

Sur le pont supérieur, au fond d'une des chaloupes de sauvetage, un passager clandestin frémit d'aise au son de la musique douce.

Cet instant de bonheur, il ne l'avait pas volé.

Allongé sur le dos à même le bois de la coque, sous la bâche orangée qui faisait toile de tente, le comte Alucard glissa les mains derrière sa nuque et ferma les yeux. À son avis, l'heure était venue d'un petit somme réparateur.

Le vampire végétarien avait eu une journée mouvementée.

Sa décision, le matin même, d'attendre le crépuscule dans la quiétude du petit cimetière avait été remise en question dix minutes plus tard. Il commençait à s'assoupir lorsqu'une odieuse pétarade l'avait arraché à un début de rêve. Le bedeau de la paroisse, armé de sa débroussailleuse, s'était mis en tête de mater les herbes folles du cimetière !

Le comte avait fui, lestement, d'une enjambée d'araignée par-dessus le muret de pierres. Après quoi, plié en deux, il avait longé un fossé, en quête d'une nouvelle cachette. Et il avait passé le restant de la journée accroupi dans une porcherie, en compagnie d'un porc mal luné qui n'arrêtait pas de renifler. Ni le cochon ni le comte n'avaient apprécié cette promiscuité, mais d'incessants bruits de voix avaient dissuadé le comte de se risquer hors de son abri.

Enfin, dans le jour déclinant, il avait fait ses adieux à son colocataire grognon et au village inhospitalier. Peu après, sur la route déserte, il avait empoigné les pans de sa cape, ouvert grand les bras – et s'était changé en chauve-souris.

Cela fait, où aller ?

Le comte avait sa petite idée. La mer. Il fallait retrouver la mer. La mer qui devait être quelque part plein sud.

Cette mer (le Channel anglais pour les Britanniques, la Manche pour le reste du monde), il l'avait déjà traversée un jour, fuyant le continent et sa Transylvanie natale.

De l'autre côté, il y avait la France. Ah ! Paris…

Oui, mais Paris, c'était comme Londres : le lourd passé des Dracula y était beaucoup trop connu. Mieux valait sans doute la province – la Bretagne et ses fraises, le Sud-Ouest et ses raisins, ses pruneaux. À moins que l'Espagne, avec ses orangers…

Tout en rêvant, le comte volait, volait. Au ras des arbres, au ras des haies, de ferme en ferme, de clocher en clocher, il volait plein sud. Pour finir, à l'horizon, il avait aperçu le ruban sinueux de la côte et, au-delà, une surface unie qui ne pouvait être que la mer.

Repérant les lumières d'un paquebot qui filait droit vers le large, le comte ne s'était pas soucié de la destination du navire. Il n'avait qu'une idée, reposer ses ailes lasses. Alors, il était descendu en piqué, puis, achevant sa course en vol plané, il avait cherché des yeux où se suspendre un moment.

Il avait d'abord survolé la piscine du navire, déserte à cette heure tardive, tout comme les aires de jeux et les rangées de transats sur le pont bain de soleil. Car on était en début de soirée, l'heure tranquille où les passagers se font tout beaux dans leur cabine en prévision du dîner, ou sirotent des cocktails, accoudés aux bars du navire.

Ignorant qu'il avait (déjà) été repéré par un passager, le comte avait eu tôt fait d'aviser une chaloupe. Quoi de mieux pour se reposer une heure ou deux ? Il s'était glissé sous la bâche et avait repris forme humaine – mieux adaptée au repos complet que sa forme de chauve-souris, surtout après la tombée de la nuit.

Là, bercé par les flonflons de l'orchestre, il avait eu tôt fait de sombrer dans le sommeil.

***

Curieusement, la musique qui avait endormi le comte fut aussi la cause de son réveil. Des violons aux accents déchirants venaient d'attaquer une valse mélancolique.

Dans la salle à manger, le dîner tirait à sa fin. Les convives achevaient de déguster leur café ou grignotaient des carrés de chocolat à la menthe, tandis que les plus alertes tournoyaient déjà sur la piste de danse au son de la valse.

Le comte s'assit sous sa bâche et essuya une larme.

Cette musique produisait toujours le même effet sur lui. Les sanglots des violons lui rappelaient sa Transylvanie natale. Les montagnes. Les sapins. Le château sur son piton. Le chant des loups sous la lune. Alors sa gorge se serrait. Il se disait qu'il était seul au monde, qu'il n'avait pas l'ombre d'un ami…

Tirant de sa poche un grand mouchoir, le comte se tamponna les yeux et se moucha consciencieusement.

Du cran, se dit-il. Ces pleurnicheries sont-elles dignes d'un noble transylvanien ?

Il examina la situation. Les choses allaient-elles vraiment si mal ? Peut-être pas, après tout.

Le bateau lui offrait le gîte. Certes, cette chaloupe n'avait rien de rembourré. Mais il y avait sûrement, non loin de là, un stock de gilets de sauvetage, de quoi se faire un bon matelas. Au fond, passer un jour ou deux dans cette nacelle strictement privée n'était peut-être pas une mauvaise idée.

Et ce paquebot allait bien quelque part.

Restait, bien sûr, le problème des repas. Mais, sur un navire de ce tonnage, on devait pouvoir dénicher de quoi se mettre sous la dent. Le comte reprit espoir. Sitôt les passagers couchés, il descendrait à la salle à manger, en quête de menus rogatons.

À ce point de sa réflexion, le comte renifla discrètement.

Hmm. Il y avait comme une odeur, sous cette bâche. Comme une odeur détestable. Et même une odeur insoutenable, à présent qu'il l'avait détectée.

Il huma plus profondément.

Horreur et abomination : l'odeur était enfermée avec lui ! Pire, elle provenait de lui, ou plus exactement – le doute n'était plus permis – de la semelle de ses souliers !

Le mystère n'en était pas un. Son après-midi clandestin en compagnie d'un cochon lui avait laissé un petit souvenir. Et la tiédeur de la chaloupe, sous cette bâche qui faisait couvercle, développait délicatement l'arôme !

Il n'y avait qu'une chose à faire, et vite.

***

— Une chauve-souris ? Vraiment ?

Le capitaine Rascass, fier commandant du *Lunatic*, dissimulait mal son amusement. Décidément, les passagers étaient une source de drôlerie permanente. Et ce petit Américain chauve (dont il n'avait pas retenu le nom) ne faisait pas exception.

— Absolument. Je l'ai vue passer devant mon hublot, soutint Hiram P. Goddam.

Sa femme lui décocha un regard noir et leurs voisins de table échangèrent des regards. Un peu gêné, Goddam insista :

— Je l'ai vue et bien vue, avec ses petits yeux luisants, ses canines en pointe et ses ailes de deltaplane.

— Sans vouloir vous offenser, reprit le capitaine, je crains que vous ne fassiez erreur, Monsieur… euh…

— Goddam, compléta sèchement le producteur. Des studios Mamma Mia. Hiram Prosper God… Oum ! acheva-t-il, car sa chère moitié venait de lui allonger un coup de pied sous la table.

— Des chauves-souris, cher monsieur Godoum, on n'en voit jamais en mer, enchaîna le capitaine avec un sourire charmeur pour les dames assises à sa table. Pas à cette distance des terres... À quoi il ajouta, inspiré : Et nous n'avons pas de souris à bord, pas plus chauves que chevelues !

Ces dames glapirent, en extase : quel homme d'esprit, ce capitaine ! Et si beau garçon, de surcroît !

— À propos de chevelure, murmura l'une d'elles, une vieille douairière au visage très doux sur un cou de tortue bardé de bijoux, pourriez-vous nous dire, capitaine, qui est ce beau brun à l'air romantique, là-bas, devant le buffet aux desserts ?

Toute la tablée tourna les yeux vers le fond de la salle où un régiment de desserts s'attardait pour les gourmands sur un long buffet à nappe rose.

L'assortiment était copieux, comme le restant du dîner. La moitié d'un bavarois aux cerises fondait doucement dans son saladier, aux côtés d'un paris-brest réduit à l'état de paris-rennes. Un grand gâteau aux figues et aux noix, ou plutôt ce qu'il en restait, s'affaissait de biais dans son plat. Trois tartelettes aux fraises narguaient un quart de forêt-noire, et une corbeille à fruits géante dardait sa pyramide colorée – pommes, poires, oranges, ananas, et nectarines à foison, sans parler de raisins dodus, aux grains gonflés de jus vermeil.

Les yeux sur la corbeille à fruits, un grand brun au teint très pâle, aux cheveux plaqués en arrière, semblait perdu dans ses pensées.

Son habit d'un noir de corbeau, rehaussé d'une chemise blanche et d'un nœud papillon noir, lui donnait un air très chic, encore qu'un brin démodé. Un petit médaillon d'or à son cou ajoutait encore au mystère.

La douairière chaussa ses lunettes, discrètement rehaussées de diamants assortis à ses clous d'oreille et à ses cinq rangs de collier, et elle gloussa élégamment.

— Vraiment, quel fascinant jeune homme. Conviez-le à notre table, capitaine, et présentez-le-nous, je vous prie.

— Hélas, Lady Madison-Twiste, j'en serais bien incapable, répondit le capitaine un peu froidement (il n'aimait guère voir l'attention se porter sur un autre que lui). J'ignore jusqu'à son nom. J'ai tant à faire, voyez-vous, que je n'ai pas encore eu le temps de parcourir la liste de mes passagers.

Là-dessus, se levant brusquement, il salua ses invités d'un signe de tête.

— Mesdames-messieurs, si vous voulez bien m'excuser. On m'attend sur le pont de bonne heure, demain matin. Je vous souhaite une excellente soirée.

Les messieurs murmurèrent bonsoir, mais c'est à peine si les dames hochèrent la tête. Elles n'avaient d'yeux que pour l'inconnu du buffet aux desserts, le grand brun au regard mélancolique.

***

Le comte Alucard dévorait des yeux le raisin aux grains translucides. Quel merveilleux rouge pourpré !

Le comte délibérait. Pouvait-il, sans être vu, en subtiliser une grappe et la glisser dans sa poche ?

C'était cette corbeille à fruits, entr'aperçue depuis le pont, qui avait guidé ses pas jusqu'à la salle à manger. Il n'avait rien avalé de la journée. La tentation était forte.

Il refermait ses longs doigts sur les grains rebondis quand une voix cassée le fit sursauter :

— Pardonnez-moi, cher monsieur, mais puis-je vous poser une question ?

En toute hâte, le comte fourra la grappe dans sa poche de pantalon. Puis il se retourna vivement et se trouva face à une dame d'âge mûr, très mûr, au beau visage fripé, plus anglaise que permis et toute blindée de bijoux.

— Veuillez excuser mon audace, reprit-elle, mais… ne nous serions-nous pas déjà rencontrés quelque part ?

— Je… je ne crois pas avoir eu ce plaisir, bredouilla le comte.

Déjà il regrettait d'avoir laissé la faim, cette mauvaise conseillère, l'entraîner en si fâcheuse posture.

— Ah ? Pourtant, je crois bien que si, soutint Lady Madison-Twiste.

En fait, elle n'en croyait rien. Au contraire : elle savait fort bien que jamais ses pas n'avaient croisé ceux de ce beau ténébreux. Mais elle avait traversé toute la salle pour accoster l'inconnu, et cette entrée en matière en valait bien une autre, n'est-ce pas ?

Elle choisit d'en rajouter :

— Ne serait-ce pas l'an dernier, à la *garden-party* chez la reine ?

— Hélas non, murmura le comte. Je n'ai jamais eu l'insigne honneur d'être convié à cet événement.

— Bizarre. J'aurais juré que, vous et moi,

nous avions donné un peu de notre pudding aux chiots corgis de Sa Majesté. Je suis Lady Madison-Twiste, incidemment. Et vous êtes... ? Pardonnez-moi, j'ai une si petite mémoire.

— Euh, qui, moi ? Dragomir Alucard. Comte Alucard, répondit le comte, et aussitôt il se mordit la langue : quel étourderie de dévoiler sa véritable identité !

Par bonheur, ni le nom ni le titre n'éveillaient d'écho dans la petite mémoire de la dame.

— Alucard..., répéta-t-elle, pensive. Alucard... J'ai bien connu des Alucazzi, jadis, à Florence. Mais c'est sans parenté, j'imagine ?

— Aucune, assura le comte.

Il parcourait des yeux la salle, éperdu, cherchant que dire pour détourner la conversation. L'orchestre venait d'attaquer une valse lente et deux ou trois couples tanguaient, aux accents langoureux des violons.

— Puis-je vous inviter à danser ? demanda le comte à court d'inspiration.

— Que c'est aimable à vous ! répondit Lady Madison-Twiste en tendant ses poignets, les yeux plus étincelants que ses diamants.

Le comte lui enserra la taille (qu'elle avait plus fine qu'un cou d'oie), il saisit entre ses longs doigts la main richement baguée, et il entraîna la douairière sur la piste.

Tous deux se mirent à tournoyer, très prudemment pour commencer, puis avec une assurance grandissante. Le comte était un danseur accompli, et la douairière se laissait guider, docile. Il y avait bien trente ans, si ce n'est plus, qu'elle n'avait pas fait d'entrechats avec pareil partenaire !

De la valse ils passèrent à la polka piquée, de la polka piquée au tango, du tango au fox-trot, du fox-trot à la rumba, de la rumba au paso doble… Et leur duo était si parfait, si éblouissant que, peu à peu, les autres couples s'écartèrent pour laisser la piste entière à ces virtuoses. L'orchestre fasciné enchaînait morceau sur morceau, sans souffler.

Lorsque enfin les instruments se turent, la salle applaudit à tout rompre.

Le comte remercia d'une courbette, humblement, aux quatre points cardinaux. Absorbé par ses pas chassés, il avait tout oublié de ses misères – toutes ses misères, depuis le jour où son château s'était changé en grand feu de joie.

Il sourit à sa partenaire et dit gravement :

— Merci, madame.

— Tout le plaisir était pour moi, répondit Lady Madison-Twiste, un peu essoufflée. Mais je voulais vous demander, cher comte, ajouta-t-elle plus bas, plissant le nez. N'avez-vous pas détecté une étrange odeur, par moments, tandis que nous dansions ?

— Une odeur, chère madame ? balbutia le comte horrifié.

— Oui, un peu comme… comme une odeur de cour de ferme. Par moments, c'était à croire qu'elle nous suivait à la trace.

— Non, je n'ai rien noté d'anormal, affirma le comte.

Et c'était vrai ; mais le simple fait d'en parler ravivait l'odieux relent.

Lady Madison-Twiste renifla élégamment.

— Moi si, dit-elle. À plusieurs reprises. Je dirai même qu'en ce moment je la sens. Je me demande d'où elle peut venir.

— Non, vraiment, je ne sens rien, soutint le comte, mais il enchaîna vivement : À présent, chère madame, si vous voulez bien m'excuser, je crois que je vais me retirer. Bonsoir !

Et il s'éclipsa sur le pont, comme happé par la nuit fraîche.

***

— C'est le comte Alucard, je l'avais déjà rencontré, annonça Lady Madison-Twiste, rejoignant ses compagnons de table. Nous avions pris le thé ensemble, l'an dernier, à la *garden party* de la reine.

— Un *vrai* comte ? s'enquit Hetty Goddam, pâle d'envie. Euh… Croyez-vous qu'il accepterait une partie de tennis en double, demain matin ?

— Est-ce qu'il voyage en classe luxe ? s'informa une autre de ces dames.

— Naturellement, trancha une troisième. Vous pensez. Un comte !

— Et alors ? objecta une quatrième. J'ai bien connu un archiduc qui n'avait pas trois sous devant lui !

Durant cinq minutes, la conversation roula sur la situation financière du comte. Chacun avait son avis sur la question – chacun, sauf Hiram P. Goddam qui ruminait en silence tout en gribouillant sur le menu avec son gros stylo en forme de cigare.

À vrai dire, le célèbre producteur de cinéma n'avait pas desserré les dents depuis qu'on avait émis des doutes sur sa vision de chauve-souris.

C'est pourtant lui qui coupa net la discussion en aboyant soudain :

— Pourriez vous taire, un peu ? Pas moyen de réfléchir.

Tout ce beau monde battit des paupières. Quel manque d'éducation – et en classe luxe, s'il vous plaît, à la table du capitaine !

Mais Goddam, impavide, se tourna vers Lady Madison-Twiste :

— Comment dites-vous qu'il s'appelle, déjà, ce manche à balai ? Alucard, c'est bien ça ?

— *Comte* Alucard, précisa la douairière, les mains voletant comme des papillons. Un nom à rêver, n'est-ce pas ?

— À rêver ? grogna Goddam. A faire des cauchemars, oui, plutôt !

Le reste de la tablée échangea des regards gênés. Décidément, le producteur n'était tout simplement pas fréquentable.

Alors, Goddam sortit sa boîte à cigares et, sans en offrir à quiconque, il en prit un et l'alluma sans hâte.

Puis il en tira une bouffée en plissant les paupières, comme s'il la savourait intensément. Ce qu'il savourait surtout, à l'avance, c'était la petite bombe qu'il allait lâcher. En homme de cinéma, Goddam savait les vertus du suspense.

— Alucard..., reprit-il enfin d'une voix lente. Vous savez ce que ça donne, à l'envers ?

Chacun se mit en devoir d'inverser les

lettres en pensée. Certains furent plus rapides que d'autres.

Quand tout le monde eut bien blêmi, Goddam reprit :

— Eh oui. Exactement.

Et, pour confirmation, il posa sur la table le menu griffonné de sa main :

ALUCARD
DRACULA

Il y eut un instant de silence à couper au couteau. Chacun revoyait le grand gentleman brun, un peu gauche mais si bon danseur, qui venait de faire voltiger Lady Madison-Twiste d'un bout à l'autre de la piste de danse.

— Mais c'est sûrement... une coïncidence ? bredouilla un vieux monsieur charmant, un œillet jaune à la boutonnière.

— Vous croyez ? ricana Goddam, soufflant un cercle de fumée bleue. Et la chauve-souris que j'ai vue, toute noire avec des dents pointues ? Une coïncidence aussi ?

Cette fois, personne ne pipa mot. Des faces pâlirent, d'autres verdirent. Des mains se posèrent sur des fronts, d'autres se crispèrent sur la nappe rose, sur une anse de tasse, un verre à pied.

Goddam se dressa, massif.

— Viens, Hetty, conclut-il. Pour moi, ça ne fait pas un pli : nous avons un vampire à bord. Le seul endroit sûr, c'est notre cabine, fermée à double tour.

Pour une fois, Hetty Goddam ne tenta pas de faire opposition. Elle se leva, repoussa sa chaise et suivit son mari sans un mot.

A la table du capitaine, les convives restants s'entreregardèrent. Chacun était prêt à fuir, à condition de n'être pas le premier.

Pour finir, Lady Madison-Twiste se dressa, blanche comme cire, et coassa de sa voix rauque :

— J'ai dansé avec Dracula !

Dans le reste de la salle, les conversations se turent net, et l'orchestre s'arrêta au beau milieu d'un air langoureux.

— J'ai dansé avec un vampire ! reprit Lady Madison-Twiste, palpant son cou de tortue pour s'assurer de son intégrité.

Là-dessus, sous l'effet du choc et du contrecoup de se savoir indemne, elle s'affaissa en petit tas sur sa chaise.

Mais nul ne s'en aperçut. La salle à manger était déjà vide.

Chapitre 3

— Capitaine ! Capitaine !

— Ouais ! Quoi encore ?

Tous les soirs, c'était la même chose. Pas moyen de lire au lit tranquille ! Toujours, au milieu du passage le plus passionnant, quelqu'un venait tambouriner à la porte.

— Capitaine, c'est le second ! Il dit qu'il vous attend sur le pont ! De toute urgence.

— Bon, bon. Dis-lui que j'arrive !

— J'y vais, capitaine.

Et le steward s'éclipsa en vitesse – d'autant plus promptement qu'une odeur offensante venait d'agresser ses narines. Difficile de dire ce que c'était, mais cette pestilence, une fois détectée, donnait l'impression de s'épanouir.

Le capitaine glissa un marque-page dans *L'Île au trésor* et sauta à bas de sa couchette.

Il espérait que c'était sérieux, cette fois. La dernière fois qu'on l'avait dérangé de la sorte – pas plus tard que l'avant-veille, déjà dans *L'Île au trésor* –, c'était le cuistot qui avait égaré son moule à gaufres !

Pieds nus sur la moquette épaisse, le capitaine gagna la porte afin de reprendre, dans le corridor, ses souliers déposés là pour que le steward, comme chaque soir, leur donne un petit coup de cirage.

Il ouvrit et…

— Beuh ! Qu'est-ce qui sent comme ça ?

Il se pencha vers ses souliers.

Horreur ! Non seulement ils n'avaient pas encore été cirés, mais c'étaient eux la source de cette puanteur !

Il les cueillit du bout des doigts (ou, plus exactement, à bout de bras) pour les examiner de plus près et fit deux constats.

Un : une substance des plus douteuses était attachée, non pas sous les semelles, mais sur le pourtour, bien incrustée dans les coutures.

Deux : ce n'étaient même pas ses souliers !

Quelqu'un avait dérobé son bien et déposé à la place ces péniches infâmes !

Quelqu'un, mais qui ? Et pourquoi ?

Oh ! Mais le coupable serait pris ! Et il regretterait son forfait.

***

De retour dans son habitacle, sous la bâche orangée, le comte tira de sa poche le raisin chapardé.

Ô joie ! Les grains lisses et fermes n'avaient même pas souffert de ses prouesses de danseur mondain. C'était du beau raisin, vraiment.

Il tira sur un grain rebondi. Diantre ! il tenait bon à la grappe. Puis le grain se détacha net et le comte l'enfourna gaiement.

Mais le grain résista sous la dent. Pouah ! Le comte recracha vite fait.

Le raisin était en plastique.

Voilà pourquoi la corbeille à fruits débordait encore, intacte, au milieu des autres desserts tous plus ou moins mis à mal !

Le comte s'allongea, résigné.

Allons, l'expédition n'avait pas été vaine. Il étira ses longues jambes et, dans la pénombre, admira ses nouveaux souliers, délicieusement inodores. Cuir pleine fleur, qualité parfaite, et parfaitement à son pied.

Certes, il lui en coûtait un peu de les avoir chipés, mais c'était un cas de force majeure. Il n'était pas sain, à coup sûr, de passer la nuit sous une bâche à respirer des émanations chargées de nitrates !

D'ailleurs, ce n'était pas du vol, mais un échange équitable. Les souliers laissés à la place valaient largement ceux-ci : cuir verni, cousus main, qualité transylvanienne. Pas tout neufs, certes, mais increvables. Bien nettoyés, ils donneraient entière satisfaction à leur nouveau propriétaire.

Quant à cet estomac grommelant, il n'avait qu'à patienter un peu. D'ici une heure ou deux au plus tard, tout le monde dormirait à bord. Il serait alors facile de se couler dans les cuisines et d'y dénicher le frigo où étaient sans doute rangés les restes du bavarois aux cerises et du gâteau aux figues et aux noix.

Patienter était bien le mot. Car pour l'instant, à bord, il y avait de l'animation. Et de plus en plus, curieusement. Appels, bruits de pas, éclats de voix. Bizarre, à cette heure avancée. Sans doute quelque fête nocturne, pour la première soirée de traversée.

Sagement, le comte ferma les yeux.

***

— Silence, s'il vous plaît ! Mesdames, messieurs, je vous prie ! Du calme !

Le capitaine Rascass pouvait bien s'époumoner. Nul ne l'écoutait.

Malgré l'heure tardive (minuit avait depuis longtemps sonné), la salle à manger du *Lunatic* était bondée à craquer. Tous les passagers étaient là, ou presque, sans parler des trois quarts de l'équipage.

Lors de la panique déclenchée par l'alerte au vampire, une demi-heure plus tôt, quelqu'un avait lancé en l'air l'idée d'une réunion d'urgence. Le flux en direction des cabines s'était aussitôt inversé. Si un monstre avide de sang rôdait bel et bien à bord, on courait certainement moins de risques au milieu d'une foule bien tassée que seul dans son coin, même barricadé.

Planté derrière la grosse caisse de l'orchestre, le capitaine parcourut du regard l'assemblée.

Smokings et tenues de soirée côtoyaient les robes de chambre, et plusieurs matelots, faute de peignoir, avait enfilé un ciré par-dessus leur pyjama. La tenue la plus légère était celle du commissaire de bord, Nigel Pepper : surpris sous la douche lors du branlebas de combat, il avait rejoint le mouvement drapé d'une serviette de bain ornée d'un portrait de Donald Duck.

Le capitaine fronça le sourcil. Aucun sens des convenances, ce Pepper. Alors que lui, le maître du bord, il avait au moins fait l'effort d'enfiler sa tenue de capitaine. De quoi rassurer les passagers – même si la grosse caisse, à vrai dire, masquait de bonnes vieilles pantoufles en lieu et place des souliers cirés.

Car c'était seulement après avoir jeté aux requins, d'une main rageuse, les souliers à l'odeur infâme, qu'Abel Rascass s'était rappelé avoir laissé à la maison sa paire de rechange, sa femme ayant décidé qu'un ressemelage s'imposait.

Si la paire portée disparue ne refaisait pas surface, le capitaine était condamné à traverser l'Atlantique en charentaises élimées.

Mais pour l'heure il y avait plus grave. Bien plus grave. Le capitaine frappa un bon coup sur la grosse caisse.

— Mesdames, messieurs, encore une fois, du calme ! Je suis certain que cette affaire sera bientôt réglée. Il n'y aucune raison de s'alarmer.

— Aucune raison de s'alarmer ? jappa un grand moustachu à chemise rose. Avec un vampire à bord ? Peut-être qu'un loup de mer comme vous a le cuir épais, mais pas nous !

— Ce qu'on aimerait savoir, cria un petit maigre, c'est si l'équipage est armé pour faire face à la situation !

— Exactement ! approuva sa voisine.

— Et les femmes et les enfants ? lança un barbu à col roulé. Pourquoi ne pas mettre les chaloupes à la mer, pour sauver au moins les femmes et les enfants ?

À nouveau le capitaine frappa sur la grosse caisse.

— Du calme, par pitié, du calme ! Et surtout, pas de panique. Pour commencer, rien ne prouve que nous ayons un vampire à bord. Tous ce que nous savons, c'est qu'un passager affirme avoir vu une chauve-souris passer devant son hublot, et qu'une passagère dit avoir dansé avec un comte Alucard. Est-ce suffisant pour mettre les chaloupes à la mer ?

— Alucard, rappela le barbu, c'est Dracula écrit à l'envers.

— J'en suis bien conscient, coupa le capitaine (vérifiant la chose mentalement). Et je ne dis pas qu'il ne faut rien faire. Au contraire, je vous propose d'organiser une battue. Inspectons ce navire de la proue à la poupe. Si un vampire se cache à bord, nous saurons le débusquer. Bon, voyons… J'ai déjà l'équipage, bien sûr, mais se trouverait-il des volontaires parmi vous ?

L'un après l'autre, bravement, des passagers levèrent la main.

— Vous avez des gousses d'ail, au moins ? s'enquit le barbu à col roulé.

— Des gousses d'ail ? s'étonna le capitaine.

— Pour nous protéger, pardi. L'ail, ça protège des vampires, c'est connu. Il nous faudrait une gousse chacun.

Le capitaine hésita.

— Je crains bien que notre cuisinier n'utilise que de l'ail en poudre.

— Et des armes, vous en avez ? reprit le barbu à col roulé.

— Ouais, des pieux, il nous faut des pieux ! renchérit un grand blond en smoking blanc fripé.

— Des pieux pointus ! précisa un monsieur ventru en robe de chambre à fleurs. Pour occire les vampires, il n'y a que ça de vrai : un bon coup de pieu en plein cœur, et zou ! adieu, vampire. J'ai vu ça au cinéma. Je l'ai bien vu sept ou huit fois.

— Et pour enfoncer les pieux, il faut des maillets, aussi, reprit le blond en smoking blanc, mimant le geste de planter un piquet de tente.

Le capitaine n'aimait pas trop la tournure que prenaient les choses. Il préférait ses passagers sous forme de gens distingués sirotant leur thé avec grâce. Ces histoires de pieux lui faisaient froid dans le dos.

— Euh, je ne crois pas que nous ayons de pieux à bord..., dit-il en remontant le col de sa veste.

— Bah ! c'est facile à fabriquer. N'importe quel manche à balai... Suffit de le tailler en pointe. Vous avez bien des balais à bord ?

— Pas des tonnes, répondit le capitaine. Nous utilisons surtout des aspirateurs. Et nous n'avons pas de maillets, conclut-il d'un ton ferme.

Il y eut un bref silence, mais Pepper leva le bras, au risque de laisser choir son pagne en serviette éponge.

— Mais si, capitaine ! On en a, des maillets : les maillets du jeu de croquet !

— Oui, oui, je sais, grogna le capitaine. (Satané Pepper ; pour mettre les pieds dans le plat, on pouvait compter sur lui.) Mais je ne crois pas qu'ils puissent convenir. Pour commencer, ils ont le manche trop long…

— Trop long ? Pas un problème ! lança le barbu à col roulé. On les casse en deux et le tour est joué ! Allons-y ! Venez tous ! Sus à Dracula !

Déjà un petit groupe résolu s'élançait vers le pont, prêt pour un safari vampire.

Mais le capitaine tambourina sur la grosse caisse.

— Pas si vite ! Avant de foncer tête baissée, interrogeons d'abord les témoins ! Il nous faut une description précise du suspect. Combien êtes-vous à l'avoir vu ? Sans compter que, si j'étais vous, avant de me risquer dans la nuit, j'aimerais en savoir un peu plus sur cette chauve-souris vampire ! Vous croyez qu'une bête pareille se combat à coups de maillet et de manche à balai ?

Les chasseurs de vampire, coupés dans leur élan, échangèrent des regards gênés. Le capitaine n'avait peut-être pas tort. Foncer tête baissée, c'était risqué. Mieux valait savoir d'abord à qui l'on avait affaire.

Le capitaine reprit espoir. Gagner du temps. Il fallait gagner du temps.

— Lady Madison-Twiste est-elle ici, je vous prie ? appela-t-il en parcourant la salle du regard. Si oui, aurait-elle l'amabilité de se lever, s'il vous plaît ?

Rien ne bougea.

Apparemment, personne ne savait où était passée la douairière.

Personne, sauf Nigel Pepper, qui à nouveau leva le bras – et à nouveau faillit perdre son pagne.

— Euh, capitaine... Je crois que Lady Madison-Twiste a eu un malaise. Je crois qu'il a fallu la descendre à l'infirmerie.

— Et voilà ! Voilà ! lança un volontaire pour la chasse au vampire. La première victime de Dracula !

— Si ça se trouve, lança le moustachu à chemise rose, la malheureuse n'est déjà plus de ce monde !

— Sauf qu'une morsure de vampire, figurez-vous, on n'en meurt pas ! précisa l'expert de service. C'est bien pire que ça : on devient tout blanc et on se change en vampire à son tour. Avec les yeux injectés de sang et les canines en pointe... Deux vampires pour le prix d'un, et à qui le tour ? Vous croyez qu'on a intérêt à traîner ? Pour les laisser se multiplier comme des mouches ? Moi je dis : agissons !

— Il a raison ! Sus aux vampires !

— Et pas de quartier !

Les partisans de la battue reprirent leur mouvement vers le pont.

— Attendez ! s'égosilla le capitaine, tambourinant sur la grosse caisse. Attendez au moins de savoir à quoi ressemble cette chauve-souris. Monsieur Goddam ! Monsieur Goddam, s'il vous plaît ? Auriez-vous l'amabilité de vous lever ?

Les têtes se tournèrent. En vain. Pas de M. Goddam dans la salle.

— Peut-être que lui aussi, Dracula lui a fait un sort ? pépia une dame aux frisettes blanc bleuté.

— C'est évident ! cria le moustachu à chemise rose. Ce qui nous fait déjà trois vampires. Assez palabré. Agissons !

Cette fois, la troupe de volontaires disparut en masse sur le pont, en quête de balais et de maillets de croquet.

D'un bref regard, le capitaine recensa ce qui restait de l'assistance : une poignée de dames transies, quatre ou cinq marmots tombant de sommeil, trois matelots peu enclins à chasser le vampire et… et un commissaire de bord drapé dans une serviette de bain.

— Euh, capitaine ? s'informa Pepper. Que puis-je pour vous ?

— Aller vous habiller décemment, pour commencer, gronda le capitaine.

Qui sait ? Si ce crétin de Pepper n'avait pas parlé des maillets de croquet, peut-être les chasseurs de vampire auraient-ils renoncé à leur expédition sanguinaire ?

Le commissaire de bord tourna les talons.

— Pepper ! rugit le capitaine. Quand vous serez en uniforme, tâchez de mettre la main sur ce Goddam. C'est lui qui a lancé tout ce tintouin, avec son histoire de chauve-souris et de Dracula écrit à l'envers !

— Bien, sir ! répondit Pepper.

Il esquissa un salut militaire et faillit, pour la troisième fois, perdre son pagne en serviette de bain.

Le capitaine agita les orteils dans ses pantoufles.

La traversée commençait mal.

Chapitre 4

— Bonté divine, Hiram ! chuchota Hetty Goddam. Voilà que ça recommence ! Tu ne crois pas qu'on devrait au moins essayer de savoir qui c'est ?

Mais l'homme de cinéma fit taire sa femme d'un geste impérieux.

À la porte, on tambourinait de plus belle.

— Y a quelqu'un ? appelait une voix. Vous êtes là, monsieur Goddam ? C'est le capitaine qui m'envoie. Le capitaine voudrait vous parler !

Du fond de la cabine, Hetty foudroya son mari du regard. Refuser de parler au capitaine ! Un si bel homme, et si courtois, si charmant !

Mais Goddam avait son idée.

Peu après, dans le silence revenu, le producteur gagna la porte sur la pointe des pieds, l'ouvrit sans bruit et jeta un coup d'œil à la silhouette qui s'éloignait.

— Tu as vu qui c'était ? s'enquit Hetty, lorsqu'il eut refermé la porte aussi doucement qu'il l'avait ouverte.

— Une espèce d'olibrius avec une serviette de bain en jupette. Et tu voulais que je lui ouvre !

— On ne sait jamais, ça pourrait être important ! Si le capitaine veut te voir…

— Si le capitaine veut me voir, il attendra demain. Il se fait tard et j'ai moi-même un certain gentleman à voir. (Tout en parlant, il rouvrait la porte, vérifiait que la voie était libre.) Ferme bien à clé derrière moi, Hetty. Et n'ouvre à personne avant mon retour.

— Tu ne vas pas me laisser seule ? s'affola Hetty. Pas sur un navire où rôde un vampire !

— Crois-moi, très chère, tu ne risques rien. Et j'en ai pour deux minutes.

— Mais où vas-tu, Hiram ? Où ?

— Chut ! À un rendez-vous d'affaires.

— À cette heure-ci ?

— Les affaires n'attendent pas, Hetty. Et si celle que j'ai en tête aboutit, ma belle, pour ton petit Noël je t'offrirai le plus gros diamant de la planète.

Et l'homme de cinéma s'éclipsa dans la nuit, ne laissant derrière lui qu'un petit nuage de fumée de cigare.

Hetty se planta devant son miroir et ouvrit son pot de Riche Crème Antirides.

Le plus gros diamant de la planète. Cette promesse-là, Hetty Goddam n'y croyait plus. Pas plus qu'à cette crème antirides qui n'était anti rien du tout.

Décidément, le monde était mal fait.

***

Décidément, se disait le comte au fond de sa chaloupe, le monde n'était pas si mal fait, après tout.

Un fanal pendu au-dessus de l'embarcation baignait son petit salon sous bâche d'une douce lumière orangée. Et une douzaine de gilets de sauvetage découverts dans un caisson l'avaient pourvu d'un bon matelas, d'une couette et d'un oreiller.

Mieux, le caisson voisin lui avait offert une torche électrique et un coffret de rations de survie. Le comte n'avait pas ouvert le coffret, mais la liste de son contenu figurait sur le couvercle : biscuits secs ; soupe en boîte ; fromage de Hollande ; chocolat ; pâte à tartiner ; lait concentré sucré ; abricots secs et autres nutriments condensés. L'ensemble manquait un peu de fruits juteux, mais il y avait là de quoi tenir plusieurs jours – et même le temps d'une traversée.

De toute manière, dès que le silence serait revenu à bord, le comte se promettait de sortir, à la recherche d'un petit en-cas.

En attendant, quel charivari, malgré l'heure avancée ! Était-ce toujours ainsi à bord ? Partout des galopades, des appels, des cognements sourds. Et ce raffut, loin de se calmer, semblait grandir encore.

Pour finir, le comte n'y tint plus. Il souleva le bord de la bâche et colla l'œil à la fente.

Au même instant, un petit bataillon passa à grand bruit devant la chaloupe. Il était mené par un moustachu à chemise rose brandissant – le ciel seul savait pourquoi – un grand moulin à poivre. Les hommes à sa suite, passagers et matelots, avaient tous le même air féroce, et eux aussi brandissaient des objets divers, balais et maillets de croquet. Ce dernier détail intrigua le comte : était-ce une heure pour jouer au croquet ?

— Par ici, messieurs ! lança le moustachu, fonçant tête baissée. Direction : la plage avant !

Mais à peine la nuit avait-elle happé l'escouade que le comte, à sa stupeur, vit surgir un second détachement, mené cette fois par un barbu à col roulé et dirigé dans le sens opposé. Cet escadron-là semblait armé surtout de brochettes.

— Par ici, messieurs ! exhortait le barbu. Direction : la plage arrière !

Des brochettes ? s'étonnait le comte. Peut-être un barbecue nocturne ? Mais n'était-ce pas dangereux, à bord, avec les risques d'incendie ?

Il en était là de sa réflexion lorsqu'une voix lui chuchota à l'oreille :

— Hep, Dracula ! Z'avez une petite minute ? On peut échanger trois mots, vous et moi ?

Le comte se retourna comme une truite.

Là, de l'autre côté de la chaloupe, un œil était collé à la fente, entre bâche et plat-bord. Plaqué contre la cloison, l'espion était invisible du pont.

— Dracula ? jamais de la vie ! s'indigna le comte tout bas. Vous faites erreur. Alucard. Comte Alucard.

Son cœur battait tambour. Découvert, il était découvert !

— Sûr, dit l'inconnu, soulevant la bâche un peu plus. (L'accent était américain ; un mégot de cigare pendait au coin de la bouche.) Alucard, admettons. Mais lu à l'envers, ça donne Dracula, okay ?

— C'est fort possible, répondit le comte, retrouvant toute sa dignité. Ce n'est pas une raison pour m'espionner.

— Ah ouais ? gloussa l'Américain. Qui parle d'espionner, hein, coco ? Qui avait l'œil à la fente tout pareil ?

— Ce que j'étais en train de faire ne vous regarde pas.

— Ça reste à voir, dit l'inconnu en passant son crâne chauve sous la bâche. Ce qui est sûr, c'est que le capitaine, lui, il serait d'avis que ça le regarde, si on lui disait que Dracula se cache dans une de ses chaloupes !

— Pas Dracula, A-lu-card ! rectifia le comte à nouveau. Puis il saisit l'horreur de la situation. Vous allez… vous allez me dénoncer ?

— Ça dépend, répondit l'inconnu.

— Ça dépend de quoi ?

— Si on peut faire affaire ensemble.

— Affaire ? Quel genre d'affaire ?

— Ça reste à voir, ça reste à voir, dit l'inconnu, mâchouillant son mégot de cigare.

— Qu'est-ce qui reste à voir ? dit le comte agacé. Ecoutez, monsieur. J'ignore ce que vous me voulez, mais si vous tenez à discuter, je vous en conjure, entrez. Je veux dire, venez sous cette bâche. Parce que, si quelqu'un passe et vous voit en pleine discussion avec une chaloupe…

L'homme eut un petit rire nerveux.

— Grimper là-dedans avec vous ? Merci ! J'ai encore toute ma raison. Aucune envie d'offrir mon cou aux quenottes pointues que je vois là !

Le comte se redressa, ulcéré. Son crâne faisait une bosse sous la bâche.

— Monsieur, sachez que ces quenottes n'ont jamais mordu quiconque !

— On dit ça.

— Sachez que saigner les honnêtes gens n'est pas du tout dans mes habitudes ! Ni d'ailleurs les gens malhonnêtes, et en plus j'ai horreur du sang, y compris au cinéma ! Je suis végétarien, moi, monsieur.

— On dit ça, on dit ça. Et au nom de quoi j'y croirais ?

— Vous avez ma parole, monsieur, répliqua le comte, très digne, redressant son nœud papillon. Ma parole d'honneur. Celle d'un Alucard. Comte de Transylvanie.

L'inconnu hésita trente secondes encore, puis il souleva la bâche en bougonnant.

— Bon, pas moyen de faire autrement, j'imagine.

Et, d'un petit bond, il posa l'estomac sur le plat-bord. De là, avec force reptations, il parvint à se couler sous la bâche – cigare, bedaine, complet de lin blanc et souliers vernis compris.

Il s'assit prudemment à l'autre bout de la chaloupe, face au comte et une main sur la bâche, prêt à décamper au besoin.

— Et ne bougeons plus, Drac, okay ? Merci, dit-il en riant jaune.

— Comme vous voudrez, répondit le comte froidement. Et maintenant, je vous en prie, ayez l'amabilité de préciser les termes de votre petit chantage.

— Chantage ?

— Ecoutez, monsieur. Je ne suis pas né de la dernière pluie. Vous allez me proposer un marché, je le sais. Quelque chose du genre : Je ne dis rien au capitaine et vous, en échange…

— Je ne dis rien au capitaine ? Mais mon pauvre Drac, il est déjà au courant !

— Comment ça, au courant ? Il m'a vu comme passager, c'est entendu. Mais il ne sait pas –

– Il sait tout. Et il n'est pas le seul ! Ces bataillons qui viennent de passer, armés jusqu'aux dents, c'était un défilé de carnaval, peut-être ? À l'heure qu'il est, Drac, mon ami, la chasse au vampire est ouverte à tous les étages de ce rafiot !

Il y eut un long silence, puis le comte murmura très doucement :

— J'aurais dû m'en douter.

Eh oui, rien ne changerait jamais. Sur terre, sur mer, sous toutes les latitudes. Toujours il serait chassé de partout.

Le visiteur interrompit ses pensées moroses.

— Ecoutez bien, Drac, vieille branche. Que je vous explique. Loin de moi l'idée de faire du chantage, ce n'est absolument pas mon style. Non, c'est une honnête proposition que j'ai à vous faire. Alucard, vieux frère, je peux vous apporter la célébrité !

Il y eut un silence, puis le comte rentra le cou dans les épaules. Sa grande bouche se fendit d'une oreille à l'autre, dénudant son éblouissante dentition.

Le doute n'était pas permis : le comte se

retenait tant bien que mal, mais il riait, il riait à gorge déployée, en silence.

— J'ai dit quelque chose de drôle ? marmonna son visiteur.

— Oui, hoqueta le comte, avec un effort surhumain pour ne pas exploser. Oui, parce que... voyez-vous... la célébrité, je l'ai déjà. C'est même mon gros problème dans la vie. Proposez-moi plutôt de m'en enlever un peu, ça m'arrangerait.

L'autre s'assombrit, mais se reprit très vite.

— Oh ! en fait je vous propose mieux. Encore bien mieux. Je vous propose la richesse ! Je vous propose de devenir riche *et* célèbre. À quoi bon la célébrité sans le compte en banque qui va avec ? Je vous propose la grande vie !

— Ah ? fit le comte. Et avec quelle baguette magique ?

— Oh, pardonnez-moi, cher comte. Je vois que, dans l'excitation, j'ai oublié de me présenter...

L'inconnu plongea la main dans la poche intérieure de sa veste, il y pêcha un bout de bristol et, allongeant le bras, le tendit au comte.

— Ma carte de visite, dit-il.

Le comte écarquilla les yeux, mais la

lumière du fanal était tout de même un peu faiblarde. Il alluma sa torche électrique, la braqua sur le bristol et lut :

Hiram P. Goddam
Producteur de cinéma
Des films à vous glacer le sang
Studios Mamma mia ! Hollywood, Ca. USA.

— Enchanté, dit le comte poliment. Mais je ne vois toujours pas ce que vous attendez de moi.

— Vraiment ?

— Non. Je suis désolé.

— Allons, un peu d'imagination. (Goddam mâchouillait son mégot, ravi de son petit effet.) Alucard, mon ami, je vais faire de vous une star du grand écran !

— Euh, pardon ?

— Je vois déjà l'affiche. Je la vois sur le fronton de tous les cinémas de la planète :

LE VRAI VISAGE DE DRACULA !

— Excusez-moi, monsieur Goddam, mais... vous envisagez de faire de moi un acteur de cinéma ?

— Un acteur ? Mille fois mieux ! Les acteurs, vous savez, on en trouve autant qu'on veut ! Mais Dracula dans son propre rôle ! Et rendez-vous compte, Drac, mon cher... Vous permettez que je vous appelle Drac, n'est-ce pas ? Pouvez m'appeler Hiram, on est faits pour s'entendre ! Vous me suivez, Drac, n'est-ce pas ? Vous n'aurez qu'à être vous même, rien d'autre, et vous verrez : nous empocherons des millions, que dis-je, des milliards de dollars ! Le vrai visage de Dracula nous rapportera une fortune. Et pas seulement le film, bien sûr. On fera des tas de produits dérivés : des tee-shirts, des draps de bain, des porte-clés, des dessus-de-lit...

— Non. Non. NON !

Ses mains pâles en avant, le comte tentait d'endiguer le flux.

— Okay, okay, pas de dessus-de-lit, consentit le cinéaste. Vous avez raison. C'est une mauvaise idée. Ça pourrait donner des cauchemars aux petits.

— Monsieur Goddam, je vous en prie. Ce ne sont pas les dessus-de-lit qui…

— Ah ? Qu'est-ce que c'est, alors ? Pas les porte-clés, j'espère ! On en vendrait des milliers.

— Ce ne sont pas les porte-clés.

— Si c'est pour le contrat, ne vous faites pas de mauvais sang, surtout. Ce sera du cinquante cinquante : la moitié pour vous, la moitié pour moi.

— Il n'y aura pas de contrat, monsieur Goddam.

— Mais enfin, Drac, qu'est-ce qui vous arrête ?

— La vérité, monsieur Goddam, est que je n'ai aucune envie de faire du cinéma. C'est tout à fait contraire à ma nature. Vous m'en voyez navré, mais je suis dans l'obligation de refuser votre aimable proposition, et je vous conjure d'oublier ce projet. Il ne verra jamais le jour.

Goddam resta sans voix un moment, et le silence retomba – à l'intérieur de la chaloupe du moins, car au-dehors le tohu-bohu se poursuivait bon train, d'un bord à l'autre du navire. Les chasseurs de vampire ne capitulaient pas.

Le comte éteignit sa lampe de poche et Goddam reprit, incrédule :

— Mais c'est impensable ! Une grande carrière vous attend. Ne me dites pas que vous y renoncez !

Le comte ne répondit pas.

Dans le clair-obscur de la chaloupe, il tendait l'oreille.

Cette rumeur, ce grondement sourd qui s'amplifiait... C'était la même bande-son, exactement la même, que celle qui avait précédé la flambée de son château – et celle qu'il avait entendue, le matin même, monter de la route menant chez sa logeuse : un bourdonnement d'essaim en furie.

— Des films sur Dracula, dit-il soudain, il en a été tourné bien assez. Trop, je dirais même. Écoutez. Pour moi, tout ça, c'est de l'histoire ancienne. Mes ancêtres ont payé leurs méfaits de leur vie. Moi, je ne souhaite qu'une chose : vivre en paix.

Les chasseurs en battue revenaient sur leurs pas. Cette fois, on discernait des paroles.

— C'est moi qui l'empalerai, clamait une voix. Je sais où est le cœur : j'ai fait du secourisme.

— Et moi, je finirai d'enfoncer le pieu, fanfaronnait une autre. Ce sera du solide, vous verrez. Je vous ferai ça d'un coup, d'un seul. J'ai été forgeron, dans le temps.

Sous la bâche, Goddam frissonna. Son vis-à-vis avait-il entendu aussi ?

Comme en réponse, à l'autre bout de la chaloupe, le comte Alucard se dressa. Le haut de son crâne soulevait la bâche à la façon d'un chapiteau de cirque.

Alors, ouvrant les bras, il saisit les pans de sa grande cape et prit son souffle un grand coup.

Goddam retint le sien.

Végétarien ou pas, le vampire allait-il se jeter sur lui, et se venger de ce que lui faisait subir l'humanité ?

Mais le comte murmura seulement :

— Adieu, cher monsieur Goddam ! Désolé de ne pouvoir m'associer à vos projets.

Mais je suis sûr que vous en trouverez de meilleurs ! Bonne et heureuse traversée à vous !

Et la grande silhouette noire parut rétrécir à vue d'œil.

Une fraction de seconde, Goddam crut voir voleter sous la bâche la menue créature ailée qu'il avait entraperçue au hublot, quelques heures plus tôt – celle-là même qui avait déclenché la cascade d'événements de la soirée.

L'instant d'après, le producteur n'eut que le temps de voir la bestiole couler son petit corps velu dans l'étroite ouverture sous la bâche. Déjà elle s'était fondue dans la nuit.

***

Encore une occasion manquée, se disait Goddam, morose.

Mais ce n'était pas une raison pour passer la nuit au fond d'une chaloupe. Même capitonnée de gilets de sauvetage, elle n'offrait pas le confort d'une cabine de la classe luxe.

Résolument, il souleva la bâche, passa la tête à l'extérieur – et se retrouva nez-à-nez avec une bande de chasseurs de vampire approchant sur la pointe des pieds !

— Qu'est-ce que je disais ? triompha l'un d'eux, un moustachu à chemise rose qui n'avait pas l'air conciliant. Je le disais, qu'il fallait inspecter les chaloupes !

— Hé ! du calme ! s'étrangla Goddam. Je ne suis pas Dracula ! Au contraire, je le cherche ! J'étais en train... en train d'inspecter ce canot de sauvetage, histoire de voir si j'y trouvais des indices.

— Et alors ? tonna le moustachu.

— Alors, rien. Il est vide.

L'accent de regret du producteur était sincère.

— Vu ! lança un petit maigre. Assez perdu de temps ici. Allons explorer la salle des machines !

À vingt pas de là, pendue tête en bas au bastingage, une chauve-souris au nez retroussé contemplait le monde à l'envers tout en réfléchissant à la suite de l'histoire.

L'instant d'après, sa décision prise, elle décrocha une à une ses griffes ténues du bastingage, ouvrit ses ailes de parchemin et s'élança dans la nuit bleue.

Chapitre 5

Au revoir et bon vent ! songeait le comte chauve-souris en regardant le grand paquebot rétrécir en contrebas, longue forme claire glissant sur l'eau, festonnée de petites lumières. À la prochaine et... merci pour l'accueil !

Non, il n'était pas fâché de déserter le *Lunatic*. Hormis quelques tours de valse avec cette dame aux bijoux (comment s'appelait-elle, déjà ? ah oui, Lady Charleston-Twist) un peu snob, mais si aimable, cette première soirée de croisière n'avait pas été un succès.

Quant à faire du cinéma pour y incarner Dracula, non et non, jamais ! La richesse, passait encore ; la célébrité, merci ! Elle n'apportait que des ennuis. Mieux valait encore la solitude.

La solitude, au fond, le comte la connaissait depuis l'enfance – sauf peut-être au temps de ses dents de lait, où il s'était fait des copains parmi les garnements du village. Puis ses canines avaient poussé ; les autres avaient commencé à le regarder de travers, encouragés par leurs parents. Ce petit Alucard, on savait d'où il venait. Et puis, *bon sang ne saurait mentir,* n'est-ce pas ? Plus personne n'avait voulu jouer avec lui.

Mais dans sa famille aussi, il avait été un exclu. Orphelin de bonne heure, il avait beaucoup déçu son grand-père. Un végétarien pur sucre dans une lignée d'authentiques vampires ! Un amateur de violon, de jus de navet et d'orange sanguine !

Oui, depuis son âge tendre, la solitude était sa compagne. Il avait bien dû l'accepter, il avait même appris à la goûter. Ce qui ne l'empêchait pas, au contraire, d'apprécier les rares amitiés que lui offrait le destin. Celle d'un jeune garçon en camping au pied de son château, par exemple. Celle de sa gentille logeuse anglaise… Et il en connaîtrait d'autres, sûrement. Il l'espérait de toutes ses forces.

Pour l'heure, sous forme de chauve-souris,

il se sentait pleinement à l'aise dans le ciel de nuit. Il ne risquait pas de se perdre ; tant qu'il distinguait la Grande Ourse...

Sans compter qu'il survolait une voie des plus fréquentées pour la traversée de l'Atlantique : autant dire une autoroute maritime. Tôt ou tard, un nouveau navire allait surgir dans la nuit, paquebot, pétrolier ou cargo. Il s'y poserait en catimini pour la suite de son voyage. Son voyage en Amérique, puisque c'était là, pour finir, que l'envoyait la destinée !

Mais cette fois, c'était juré, il y regarderait à deux fois avant de se laisser voir sur le pont, que ce fût sous forme de bipède ou de créature ailée...

Chapitre 6

Pouvoir se faire chauve-souris présente un énorme avantage : contempler le monde à l'envers, sous un angle entièrement neuf.

L'horizon new-yorkais, par exemple. Qui n'a jamais vu de carte postale représentant Manhattan de nuit, avec ses gratte-ciel dressés, perforés de myriades de lumières ? Impressionnant, mais un peu banal. Alors que la vue qu'en avait le comte, arrimé tête en bas au flambeau de la statue de la Liberté, était nettement plus grisante avec tous ces gratte-ciel à l'envers, pendus comme des stalagtites.

Le comte battit des paupières. La traversée de l'Atlantique avait pris près d'une semaine et il se sentait un peu las. De nuit, il avait voleté de ses propres ailes et de jour il s'était reposé tout en poursuivant la traversée, chauve-souris clandestine, sur des rafiots divers et variés croisant dans la bonne direction.

Lorsque, au bout de la sixième nuit, il avait repéré au loin la célébrissime statue illuminée par les projecteurs (et prête à lui souhaiter la bienvenue comme à des millions d'arrivants, chaque année depuis plus d'un siècle), il n'avait pas hésité une seconde. C'était là qu'il allait dormir, pour sa toute première journée sur le sol du Nouveau Monde : sur le flambeau de la dame, dans les hauteurs – aussi haut que dans les tourelles de son nid d'aigle natal, là-bas, en Transylvanie.

Et la vue, de là-haut, n'était pas laide du tout.

Le jour pointait sur la baie, gris perle et abricot. Le premier ferry-boat du matin venait de quitter le port de New York et contournait le pied de la statue, en route pour l'île Staten voisine. Non loin de là, sur la terre ferme, la ville géante s'éveillait en bourdonnant. Bientôt, chacun de ses dix-huit millions d'habitants jouerait sa petite partition dans la symphonie bien timbrée d'une journée new-yorkaise ordinaire : embouteillages, moteurs ronflants, polyphonie d'avertisseurs et autres vibrations sonnantes.

Mais pour l'heure, recru de fatigue, son petit corps de velours méticuleusement empaqueté dans ses grandes ailes de parchemin, le comte Alucard dormait, tête en bas, sourd à la rumeur montante de l'aube new-yorkaise.

***

Le comte chauve-souris dormit tout le jour, niché sous le rebord du flambeau. Tout le jour les touristes défilèrent, convoyés par ascenseur, sur la plate-forme aménagée dans la couronne de la statue, et pas un ne soupçonna la présence d'un petit chiroptère sous l'illustre flambeau.

Le chiroptère en question s'éveilla dans la soirée, à l'heure mauve où la grande ville se pare de lumières colorées. Il desserra un peu les griffes pour se relaxer les pattes et savoura de nouveau le spectacle insolite de Manhattan tête en bas.

Mais l'heure était venue de repartir.

Bien sûr, le comte le savait, New York est une ville fascinante. Il aurait volontiers passé là une semaine, pour voir, entendre et déguster tout ce que la ville offre de bon : Broadway et ses théâtres, Central Park et ses concerts de plein air, le Bronx et son zoo ; sans parler des musées, des pizzérias, des crèmes glacées, sans parler des mille et un parfums de lait glacé aux fruits…

Mais New York, il le savait aussi, n'était pas la ville rêvée pour un vampire, même végétarien, venu de Transylvanie. New York, c'était comme Paris et Londres empilées l'une sur l'autre. Une ville trop vivante, trop remuante, pour trouver où se cacher – une ville où tout le monde ou presque avait entendu parler de Dracula.

Non, l'endroit où aller, c'était l'Amérique profonde, quelque part au beau milieu du continent. L'Indiana, peut-être. Ou l'Illinois, l'Iowa. Le Wisconsin, le Nebraska. Là, on devait pouvoir trouver des bourgades où régnaient la discrétion, la vraie, le respect de l'intimité. Des bourgades un peu semblables à Croydon-St. Thomas, dans cette bonne vieille Angleterre…

D'y penser, le comte avait le cœur serré. Ah ! qu'il avait été heureux chez cette chère Mme Prendergast, dans le petit cottage qui fleurait l'encaustique, l'estouffade de navets et le chèvrefeuille en fleurs ! Si seulement ce crétin de facteur ne s'était mêlé que de ses oignons !

Mais l'heure n'était pas à la nostalgie. Une nouvelle page s'offrait, une grande page blanche, de la taille d'un continent.

Le comte déplia sans hâte ses ailes en demi-parapluie.

Une à une, il détacha les griffes de son prestigieux perchoir.

Il emplit ses poumons de l'haleine de l'Atlantique et plongea dans le crépuscule.

Puis, de son vol chaloupé de chauve-souris, il s'élança plein ouest, vers l'intérieur des terres – vers l'aventure.

Chapitre 7

— Alors ? s'enquit d'une voix chantante la jolie serveuse noire, son crayon en suspens au-dessus de son calepin. Ça y est ? Vous avez choisi ?

— Euh, désolé, petite madame, bredouilla le comte, les yeux sur les bonnes choses qui s'étalaient dans la vitrine réfrigérée, multicolores, tentatrices et tout aussi mystérieuses les unes que les autres. Mais je… je dois dire que j'ai beaucoup de mal à me décider.

— Prenez votre temps ! répondit la jeune femme gaiement, remettant son crayon en place, telle une épingle dans sa toison crépue. Je retourne à la cuisine, ça vous laissera le temps de réfléchir. Quand vous aurez fait votre choix, n'aurez qu'à m'appeler bien fort.

Et elle s'éloigna en fredonnant.

Le petit café-restaurant de bord de route était désert, et le comte reprit sa contemplation.

Tout à coup, du coin de l'œil, il repéra sur sa manche un fil blanc (ou un poil de chat) qui déparait le tissu noir de son smoking. Il s'empressa de l'en retirer délicatement, entre le pouce et l'index. Le comte tenait à être impeccable en toutes circonstances. Et il y parvenait admirablement : à le voir, nul n'aurait cru que cet homme-là voyageait depuis des semaines.

Certes, il s'était offert quelques haltes. Rien ne pressait, finalement. C'était la toute première fois qu'il visitait l'Amérique et il avait bien l'intention d'en profiter. Il avait donc flâné en route, voyageant tantôt de jour, sous forme humaine, tantôt de nuit, plus discrètement, sur ses ailes de chauve-souris.

Il avait, pour commencer, traversé la Pennsylvanie, avec ses fermes et ses vergers – délicieux, merveilleux vergers qui lui avaient rappelé son enfance.

De là, il était passé dans l'Ohio, où il s'était arrêté plusieurs jours. À Cincinnati, notamment, sa tenue distinguée lui avait permis d'exercer un temps un emploi de portier dans une boîte de nuit.

Puis il avait parcouru l'Indiana (fabuleuses myrtilles), l'Illinois (fabuleux maïs), et de là il était descendu dans le Missouri (fabuleux lait frais), où son excellente présentation lui avait permis à nouveau d'occuper un emploi temporaire : dans un orchestre de jazz de Saint-Louis, il avait remplacé, le temps d'un lumbago, un saxophoniste.

Enfin, la veille au soir, il était entré dans le Kansas (fabuleux tournesols), au cœur de la grande Prairie.

Le Kansas, pour le comte, c'étaient d'abord les tornades, surtout celle du *Magicien d'Oz* (il avait vu le film en vidéo trois fois au moins).

Mais les vastes champs de blé survolés à l'aurore l'avaient frappé surtout par leur calme infini. Les champs, et l'immensité du ciel...

Et ce petit café-restaurant de bord de route, le *Drake Snack*, à la sortie d'un bourg du nom de Fredonia, achevait de le conquérir.

S'établir dans la région, pourquoi pas ? songeait le comte, tout à sa rêverie.

— Ma foi, je n'aurais rien contre, se répondit-il à mi-voix, tournoyant machinalement sur son tabouret haut perché, face à l'étalage de délices.

La serveuse resurgit comme par magie.

— Ça y est ? Vous avez fait votre choix ?

— Euh, pardonnez-moi, chère madame, s'excusa le comte, navré. Je me parlais à moi-même. Je n'ai encore rien décidé. Mais peut-être... peut-être pouvez-vous m'aider ? Pourriez-vous m'expliquer, par exemple, de quoi sont faites ces bonnes choses ? Si ce n'est trop vous demander ?

— Mais pas du tout, je suis là pour ça ! le rassura la serveuse avec un grand sourire de neige.

Elle se pencha au-dessus de la vitrine réfrigérée et se lança dans l'inventaire :

— Voyons voir. Nous avons... de la tarte aux myrtilles ; de la tarte au citron meringuée ; de la tarte à la noix de pécan ; de la tarte au chocolat ; de la tarte au fromage blanc ; de la tarte Boston, banane et vanille ; de la tarte aux pommes et à la crème fouettée... Si vous n'avez pas envie de tarte, nous avons aussi : du gâteau à l'envers ; du gâteau roulé, citron noix de coco ; des galettes d'avoine au gingembre ; des petits fours à la cannelle ; du... Oh ! mais vous aimeriez peut-être mieux notre hamburger au bœuf saignant, notre steak tartare maison, notre saucisse grill…

— Oh non ! Non-non ! coupa le comte. Pas de… Je… J'adore les desserts.

Il se concentra très fort et la chauve-souris en lui l'aida sans doute à se décider, car il opta pour un gâteau à l'envers, arrosé de lait frappé aux fraises, tout mousseux de crème fleurette.

Une heure plus tard, divinement requinqué, le comte se remit en marche à longues enjambées.

La route, droite comme un i, fendait à perte de vue un immense océan de blé. Une flottille de nuages à fond plat croisait dans le ciel sans fin, et des milliers de grillons stridulaient en chœur et en canon.

Tout en cheminant, le comte grignotait une galette d'avoine et se disait, le cœur léger, que le monde n'était pas si mal fait, pour finir.

Las ! il aurait dû le savoir, ce genre de réflexion ne fait souvent que passer. Car dame Destinée, lisant dans nos pensées, s'empresse de tirer sous nos pieds, d'un coup sec, le tapis déroulé pour nous.

***

Derrière le comptoir du *Drake Snack*, la gentille serveuse noire plissait le front. Elle méditait sur la question que venait de lui poser le shérif.

En attendant, celui-ci, au coude à coude avec son adjoint – tous deux confortablement pansus sous leur uniforme poussiéreux –, trempait avec ardeur un beignet luisant d'huile dans un gobelet de café noir (noir pour un café du Kansas, c'est-à-dire plutôt clairet).

— Ben non, shérif, conclut-elle. Non, franchement, je ne vois pas. Pas remarqué de client suspect aujourd'hui.

— Sûre, Kitty ? grogna le shérif Ross, tournoyant machinalement sur son tabouret de vinyle rouge, celui-là même où le comte avait tournoyé une heure plus tôt. Parce qu'on vient de recevoir un message radio, là, dans la voiture. Semblerait que deux malfrats aient braqué une banque à Wichita, et qu'ils soient en cavale dans le secteur. Et nous, on compte bien leur mettre la main dessus, pas vrai, Brad ?

— Sûr, shérif, approuva Brad Roy, la bouche pleine.

— Désolée, shérif, assura Kitty avec son beau sourire, balayant le comptoir d'un vigoureux coup de chiffon. Pas servi de braqueurs de banque aujourd'hui. Je dirai même : depuis ce matin, j'ai vu que des gens du coin…

Elle s'arrêta, eut un beau sourire et ajouta :

— À part ce monsieur si gentil, un grand brun un peu bizarre, en smoking noir, qui est passé vers deux heures, par là…

— En smoking ? grogna le shérif. Tu dis qu'un hurluberlu se balade en smoking par ici ? En semaine ? Au milieu de l'après-midi ?

— Pas au milieu, au début, rectifia Kitty. Et c'était un monsieur très bien, pas du tout un hurluberlu. Impeccable. Poli et tout. Mieux élevé que la plupart des gens qui passent dans le secteur, je peux vous le dire. Il a pris deux tranches de cake à l'envers. Plus un verre de lait aux fraises et une demi-livre de galettes d'avoine à emporter.

Le shérif s'essuya la bouche d'un revers de serviette en papier.

— Dis-moi exactement ce qu'il avait sur le dos, Kitty, grogna-t-il. Louche, cette affaire de smoking.

De l'autre main, il tendait à la serveuse un billet de cinq dollars pour régler l'addition.

— Voyons voir, murmura Kitty, rangeant le billet dans le tiroir-caisse et rassemblant la monnaie à rendre. Euh… Sous son smoking, il avait une chemise blanche un peu raide et un nœud papillon noir. Le pantalon aussi était noir, et aussi les souliers, je crois. Ah oui : il avait un médaillon d'or au cou, au bout d'une chaîne. Et, en partant, il a remis sur ses épaules une espèce de grande cape à doublure rouge…

— Hoho, dit le shérif. De plus en plus louche. Pas d'accord, Brad ?

— Si, si, shérif. Absolument. De plus en plus louche.

— Mais bien sûr, conclut le shérif un peu triste, on ne peut pas dire que ça ressemble beaucoup à nos braqueurs. (Il sauta à bas de son tabouret.) En tout cas, Kitty, garde l'œil. Tout suspect qui passe par ici, tu me le signales immédiatement.

— Okay, shérif, promit Kitty en lui tendant la monnaie, trois pièces au creux d'un billet. Et bonne journée à vous.

— Ouaip, à toi aussi, dit le shérif, refermant le poing sur la monnaie. Viens, Brad. On va aller voir du côté de la 96 Nord, histoire de… (Il s'arrêta net et brandit le billet sous le nez de la serveuse.) Hey, Kitty, qu'est-ce que c'est ? À quoi tu joues ? C'est pas un billet d'un dollar que tu m'as donné là ! C'est de la monnaie étrangère !

— Oh ! s'écria Kitty, choquée. Pardon ! Faites voir ça... Bon sang, mais c'est vrai ! Jamais vu un billet comme ça. Et d'où est-ce qu'il sort, celui-là ?

Elle tournait et retournait le billet vert entre ses doigts. À première vue, il ressemblait à un billet d'un dollar. Sûrement, celui qui le lui avait donné s'y était trompé lui aussi.

— Hé, mais je sais ! reprit Kitty. Combien je parie... Mais oui ! C'est ce monsieur en smoking noir qui a dû me le donner. Il avait un petit accent, quand j'y pense. Il m'a donné deux billets d'un dollar, et je lui ai rendu la monnaie – dix cents, je crois.

Elle vit la tête que faisait le shérif et poursuivit, très vite :

— Mais je suis sûre que c'est une erreur de sa part, shérif. J'en suis sûre. Pas le genre à essayer de me refiler de la fausse monnaie. Je peux vous le dire. Jamais vu un client aussi gentil, aussi bien élevé et tout.

Mais le shérif n'entendait pas se laisser attendrir.

— Fais voir ce billet, Kitty. Que je vérifie quelque chose.

Sourcils soudés, il examina le billet et siffla tout bas.

— Gentil et bien élevé, hein, Kitty ? Et tout et tout ? Ouais, eh ben, ma jolie, tu as eu de la chance, je peux te le dire. Je dirai même, tu l'as échappé belle. (Il se tourna vers son adjoint.) Tu sais quoi, Brad ? Ce billet, il vient de Transylvanie.

— Transylvanie ? répéta l'adjoint qui n'y comprenait goutte. Bon sang de bonsoir.

— Ça cadre bien avec la tenue, dit le shérif.

— Sûr, ça cadre, approuva l'adjoint en se creusant la cervelle : qu'est-ce qui pouvait bien cadrer ?

— Smoking noir, chemise blanche, nœud papillon noir, pantalon noir, grande cape noire à doublure rouge, médaillon d'or, récapitula le shérif. Tu ajoutes Transylvanie, Brad, et qu'est-ce que tu trouves ?

— Euh, je..., bredouilla l'adjoint. Ça me dit quelque chose, mais quoi ? Et vous, shérif, ça vous dit quoi ?

— Crénom, Brad Roy ! explosa le shérif. Faut-il donc toujours tout t'expliquer par A plus B ? (Il se retourna vers la serveuse.) Kitty, une dernière question. Ce client si poli, si gentil, il n'avait pas les dents un peu pointues, par hasard ? Surtout les canines du haut ?

Kitty découvrit ses propres canines dans un sourire éblouissant.

— Comment vous savez ça, shérif ? Parce que, pour ça oui, il avait de belles dents !

— Comment je le sais ? Pardi ! Par déduction logique. Brad, écoute voir. Pour ces braqueurs, on verra plus tard. Il y a plus urgent. Il y a un vampire assoiffé de sang en liberté dans la cambrousse.

— Un v... vampire ? répéta l'adjoint, un peu ébranlé. Assoiffé de sang ? Hou là.

— Un vampire ? fit écho Kitty. Vous êtes sûr, shérif ? Un monsieur si...

— Sûr et certain, Kitty. Je sais de quoi je parle. Transylvanie, plus dents pointues, plus smoking noir, plus cape doublée de rouge égale : vampire. Ça ne fait pas un pli ! Et laisse-moi te dire, sitôt qu'on est partis, Brad et moi, tu vas me faire le plaisir de fermer ce restaurant à double tour, vite fait. Et va pas le rouvrir avant qu'on t'aïe passé un coup de fil pour te dire que tu pouvais, compris ? Allez, Brad, on y va. Qu'on mette la main sur ce coyote avant qu'il ait saigné tout le comté !

Et, sans laisser à la serveuse le temps de glisser un mot, le shérif sortit à grands pas, son adjoint sur les talons. Trente secondes plus tard, ils démarraient en trombe, toutes sirènes hurlantes.

— Un vampire ? murmura Kitty, restée seule. Ça m'étonnerait. Il n'avait pas l'air d'un vampire du tout. Jamais de la vie.

Mais, pour ne pas offenser le shérif, elle accrocha à la porte du Drake Snack le petit panneau rituel :

Désolés ! Nous sommes fermés.

Puis elle tira verrous et targettes et regagna son petit logement.

Chapitre 8

Assis sur la banquette de bois, le cou rentré dans les épaules, le comte contemplait d'un œil morose la vue qui s'offrait à lui : un corridor de prison derrière une rangée de barreaux sombres.

Sur sa droite, haut dans la muraille, un petit carré de ciel se parait de tons de feu derrière les barreaux d'une lucarne. Le spectacle semblait somptueux, et le comte, en grand romantique, raffolait de couchers de soleil ; mais ce soir-là il n'était pas d'humeur à savourer les splendeurs du couchant.

La journée – si bien commencée – s'était achevée en désastre, et, plus tôt la nuit tomberait, mieux cela vaudrait pour lui.

Pour la trentième fois, en pensée, il revoyait

cette voiture de police s'immobiliser à sa hauteur, alors qu'il tendait tranquillement sa dernière galette d'avoine à un brave poney dans un pré. Il revoyait les portières s'ouvrir, et deux ventrus en uniforme se ruer sur lui sans un mot.

Clic-clac ! ils lui avaient passé les menottes. Et hop ! ils l'avaient jeté comme un ballot à l'arrière de leur fourgonnette.

— Bienvenue dans ton nouveau logis, monstre sanguinaire ! avait lancé le shérif en le poussant dans cette cellule. Et c'est pas demain la veille que t'en sors, tu peux me croire ! Les comme toi, par ici, on n'en a rien à faire !

— Mais je ne suis ni monstre, ni sanguinaire ! avait voulu protester le comte. Je ne l'ai jamais été !

Peine perdue. Le shérif avait déjà regagné son bureau, à l'autre bout du corridor.

Il ne restait plus qu'à attendre la nuit.

Ils auraient pu m'enlever ces machins, au moins, soupira le comte, les yeux sur la paire de menottes encerclant ses poignets pâles.

Si encore il avait eu des voisins, il aurait pu faire la causette ! Mais, à sa droite comme à sa gauche, les cellules voisines étaient vides, et vides aussi celles d'en face, de l'autre côté du corridor. Apparemment, à Fredonia, le crime n'était pas une industrie florissante. Ou le shérif n'était pas à la hauteur de sa tâche.

De ses mains menottées, le comte palpa la poche de son smoking. Oui ! il était toujours là, ce cher numéro écorné de *La Gazette du fabricant de cercueils*, emporté en hâte avant de quitter le cottage de Mme Prendergast, des semaines plus tôt. Quel meilleur moyen de tuer le temps, en attendant la tombée du jour ? Restait à l'extraire de cette poche...

Le comte se contorsionna. C'est qu'on ne faisait pas ce qu'on voulait, avec ces damnées menottes !

Dans son combat avec sa poche, le comte fit tomber à terre un petit rectangle blanc. Il se pencha pour le ramasser et lut :

Hiram P. Goddam
Producteur de cinéma
Des films à vous glacer le sang
Studios Mamma mia ! Hollywood, Ca. USA.

Une bouffée de souvenirs l'assaillit. La soirée sur le *Lunatic*. La chaloupe de sauvetage. Que tout cela semblait loin !

La voix rogue du shérif arracha le comte à ses pensées.

— Hey, Dracula ! T'as de la visite.

— De la visite ? Moi ? dit le comte en se hâtant de fourrer dans sa poche le rectangle de bristol. Mais je ne connais personne, ici. Et personne ne me connaît !

— Y a une petite dame qui prétend le contraire, grogna le shérif. À mon avis, elle est bien trop bonne. Son petit cœur la perdra !

Le comte écarquilla les yeux vers le corridor sombre. Qui pouvait être cette visiteuse ?

— C'est moi, annonça Kitty, la gentille serveuse noire du Drake Snack, sortant de la pénombre.

Elle serrait contre son cœur une barquette de carton blanc, recouverte d'une serviette en papier rouge et blanc.

— Chère petite madame ! s'écria le comte, aussi perplexe que ravi. Mais qu'êtes-vous venue faire en ce sinistre lieu ?

Elle eut un geste vague et jeta un regard vers le shérif. C'était sa façon de demander à rester seule un instant en compagnie du prisonnier.

— Bon, bon, je pense qu'y a pas de risque,

bougonna le bonhomme, devinant ses pensées. Mais cinq minutes, Kitty, pas plus. C'est compris ? Et à travers les barreaux, bien sûr. Pas de danger que j'ouvre cette cellule, même pas pour tous les hot dogs de la planète !

Là-dessus, tournant les talons, il repartit vers son bureau.

Kitty ne disait rien. Elle se balançait d'un pied sur l'autre, les yeux baissés.

— Vous ne m'avez pas dit ce qui vous amène ? l'encouragea le comte de sa belle voix de basse, à quelque distance des barreaux.

Elle se mordit les lèvres et lâcha d'un trait :

— Le shérif dit... Le shérif dit que vous êtes un vampire. Il dit que vous mordez dans le cou des gens et que vous les videz de tout leur sang. Et maintenant, en ville, tout le monde dit la même chose.

— Et... vous le croyez ?

Elle hésita.

— Moi, je ne sais pas trop. Au début, je n'y croyais pas. Et puis, après, j'y ai cru. Et encore après, je me suis dit non, impossible...

— Et maintenant, là ? Vous y croyez ?

Elle hésita encore, puis elle eut un petit rire.

— Maintenant, non. Plus du tout. Parce

que… parce que si vraiment vous étiez un vampire, pourquoi ne pas m'avoir attaquée cet après-midi, quand vous étiez seul avec moi ? L'occasion était parfaite ! Pourtant vous ne l'avez pas fait. Alors, tout à l'heure, quand j'ai entendu dire qu'on vous avait jeté en prison, j'ai décidé de venir pour en avoir le cœur net.

— C'est courageux à vous, petite madame, dit le comte. Très noble et très courageux.

Elle éclata de rire.

— Oh ! vous savez, pas tant que ça. D'abord, il y a les barreaux. Mais surtout, je vais vous dire : moi, les vampires qui raffolent de gâteau à l'envers, je n'y crois pas trop. (Elle se tut et plissa son front chocolat.) Vous n'êtes pas un vampire, n'est-ce pas ?

Le comte inspira un grand coup.

— Ecoutez, chère petite madame. Je vais être très franc avec vous. D'abord, laissez-moi vous dire qu'en effet vous n'avez rien à craindre de moi. Personne n'a rien à craindre de moi. Cela dit, je dois reconnaître que je suis capable, la nuit venue, de me changer en chauve-souris.

Kitty eut un petit sursaut.

— En *chauve-souris* ? Nom d'un petit…

— En chauve-souris *frugivore*, s'empressa

de préciser le comte. Et parfaitement inoffensive. Mon nom est Alucard. Comte Alucard, pour vous servir. Mon grand-père était en effet un vampire. Tout comme mon arrière-grand-père, d'ailleurs. Mais moi, comme mon père, j'ai failli à la tradition. Je suis végétarien. Totalement. De naissance.

— Alors, j'ai rudement bien fait, s'écria Kitty, joyeuse, retirant la serviette à carreaux de la barquette. J'ai failli vous apporter un hamburger pur bœuf, et puis je me suis dit non, il aime mieux les desserts. Vous aviez fini le gâteau à l'envers, alors je vous ai apporté de la tarte aux myrtilles à la place.

Le comte battit des cils pour écraser une larme. Les marques d'attention le faisaient toujours fondre. Et celle-ci lui allait droit au cœur. Il y avait si longtemps que personne n'avait eu pour lui un tel geste !

Il tira son mouchoir de sa poche (pas commode, avec des menottes) et se moucha énergiquement.

— Voilà, conclut Kitty en glissant la barquette sous les barreaux de la cellule.

— Merci, dit le comte simplement.

Elle le regarda saisir gauchement l'offrande à deux mains et planter ses dents aiguës dans la croûte dorée nappée de fruits juteux.

Un vampire assoiffé de sang, se disait-elle, la bonne blague ! Ce que les gens peuvent être bêtes, tout de même, quand ils s'y mettent !

Brusquement une ampoule nue, allumée par une minuterie, s'éclaira, jaune et faiblarde, au plafond de la cellule.

C'était le signal de la nuit.

Du fond du corridor, le shérif prévint :

— Ça se termine, Kitty !

— Juste une minute, s'il vous plaît, shérif ! Que je lui dise bonne nuit !

— Tu ferais mieux de lui dire adieu, ma fille. Demain matin, un fourgon vient le prendre pour l'emmener à la prison d'Etat. Un gentil petit logement à vie qu'ils vont lui donner, m'est avis. Pas près de revoir le soleil, ton copain. Allez, fais-lui tes adieux vite fait, qu'on en finisse !

Dans sa cellule, du coin de son mouchoir, le comte essuyait ses lèvres bleuies par les myrtilles.

— Laissez-moi vous dire, petite madame, c'était exquis. Merci encore, dit-il à Kitty.

Elle répondit d'une voix qui tremblait :

— Vous avez entendu ce qu'a dit le shérif ?

— J'ai entendu, dit-il, serein, repoussant la barquette sous les barreaux.

Il jeta un coup d'œil à la lucarne. Une étoile scintillait dans le coupon de ciel violet.

Il murmura très bas :

— Vous oubliez, petite madame, que j'ai encore un tour dans mon sac. Et maintenant, écoutez bien. Sitôt que je serai parti, dépêchez-vous de donner l'alerte en criant très fort. Que personne n'aille croire, surtout, que vous m'avez aidé à m'évader !

— Vous évader ? répéta Kitty, incrédule. Avec ces menottes ? Ces barreaux ? Je n'ai pas les clés, vous savez !

— Les clés ? Pour quoi faire ? dit le comte.

Toujours à deux mains (damnées menottes), il saisit un pan de sa cape et s'y enroula comme il put.

— Au revoir, gentille petite madame, dit-il de sa voix grave. Et si nos chemins se croisent à nouveau, puissé-je vous rendre vos bontés !

Un bref instant, Kitty crut le voir rétrécir. Les menottes glissèrent de ses poignets grêles et tombèrent en tintant sur le carrelage. Puis, comme il continuait de se ratatiner, son corps et ses vêtements parurent ne faire qu'un. La métamorphose complète, de l'homme à la chauve-souris, ne prit pas une seconde en tout.

Le temps pour Kitty de pousser un petit cri étouffé, et il n'y avait plus, dans la cellule, qu'une menue créature sautillant sur le carrelage, ailes entrouvertes, hésitante.

La bestiole fit trois bonds en direction des barreaux et leva vers la serveuse de petits yeux luisants. Le regard était perçant, mais avec quelque chose d'amical et même d'affectueux.

Puis, ouvrant ses ailes en silence, la créature fusa vers la fenêtre, passa entre les barreaux et disparut dans la nuit.

— Ça alors, murmura Kitty. Puis elle se souvint de la recommandation et lança à pleine voix : Shérif ! Shérif ! Viiite ! Le prisonnier vient de s'évader !

Une porte s'ouvrit à la volée, le corridor s'éclaira. Le shérif apparut au galop, suivi de son adjoint.

Abasourdis, les deux hommes contemplèrent la cellule vide derrière ses barreaux de fer.

— M'enfin, où est-ce qu'il est passé ? rugit le shérif. Kitty ? Comment il a fait ça, ce coyote ?

— Aucune idée, shérif, répondit la jeune femme en se retenant de rire. Il a disparu, comme ça. Envolé. Il y a deux minutes, il était là, assis sur cette couchette. L'instant d'après, pffft ! plus rien.

Les représentants de l'ordre échangèrent un regard, puis à nouveau ils contemplèrent la cellule vide.

Mais il n'y avait rien à contempler, sauf les menottes qui gisaient à terre, intactes et fermées à clé.

— Ça alors, murmura le shérif. Je veux bien être pendu…

— Moi aussi, je veux bien être pendu, approuva l'adjoint.

— Et qu'est-ce qu'on va dire aux gars de la police d'État, demain matin, quand ils viendront chercher l'oiseau ? C'est ça qui m'embête, tu comprends, Brad.

— Moi aussi, chef, c'est ça qui m'embête. Qu'est-ce qu'on va dire aux gars de la police d'État, demain ma…

— Ça va, Brad. Pas besoin de répéter tout ce que je dis. Si t'as rien de neuf sur le sujet, tu ferais mieux de la boucler – conseil d'ami.

Kitty n'entendait rien de leurs querelles. Les yeux sur la lucarne où une étoile perçait le velours de la nuit, elle formulait un vœu en silence :

« Bonne chance, comte Alucard ! Je ne sais pas ce que vous cherchez, ni ce que vous attendez de la vie – mais j'espère de tout cœur que vous le trouverez un jour. »

Chapitre 9

— Miss Eunice, sous la table, vite ! Vite, cachons-nous sous la table ! C'est un homard géant.

— Un quoi ?

— Un homard géant. Féroce. D'au moins trois mètres de long. Il marche droit vers nous ! Regardez, mais regardez ces pinces. Des casse-noix géants. Pour lui, nous ne sommes que des noisettes !

— Chuut, Bill, répondit Eunice, pulpeuse blonde en bikini, en se blottissant sous la table à côté du vieux serveur de bar. Je ne crois pas qu'il nous ait vus. Si nous ne bougeons pas, si nous ne faisons pas de bruit, peut-être qu'il va redescendre vers la mer ?

Mais déjà le grand crustacé levait une

énorme pince et l'abattait contre la baie vitrée, pulvérisant verre et boiserie.

— Le ciel nous préserve, Miss Eunice ! hurla le vieux serveur. Il nous a vus ! Il va nous…

— Silence, Bill ! Vous savez ce que c'est : la dernière chose à faire est de lui laisser voir que nous avons peur de lui.

Trop tard : le homard géant passait sa tête hideuse à travers la vitre fracassée, frémissant de toutes ses antennes et tournant ses yeux globuleux, frénétiquement, à droite et à gauche.

De petits nuages de fumée verte jaillirent de ses narines…

— Coupez ! hurla le réalisateur depuis le fond du studio. Coupez !

— Quoi, « Coupez» ? Pourquoi, « Coupez» ? protesta le producteur en se retournant lourdement sur son siège.

HIRAM P. GODDAM, clamait en grosses lettres le dossier de son fauteuil pliant.

— Pourquoi t'as dit de couper, Jeffroy ? Moi je la trouvais très bien, cette scène !

À grands coups de dents, il passait sa colère sur son cigare.

Sur le plateau, l'acteur et l'actrice – vieux serveur de bar et blonde en bikini, précisait

le scénario – avaient déserté leur cachette pour se dégourdir les jambes. Le homard attendait, pinces ballantes.

Le jeune réalisateur s'avança.

— Désolé, monsieur Goddam. C'est le homard qui cloche.

— Quelque chose qui n'allait pas, monsieur d'Anldau ? s'enquit le homard, retirant sa tête de crustacé pour se passer une pince sur le front. Je devrais peut-être essayer de rouler les yeux plus vite ?

— Non non. Tes yeux roulaient comme il faut, assura le réalisateur. Je dirais que c'est la fumée, plutôt, qui ne va pas.

— Quoi, la fumée ? gronda Goddam. Qu'est-ce qu'elle a, la fumée ? Moi, je l'ai trouvée parfaite.

— Pour de la fumée, oui, elle est parfaite, concéda le jeune réalisateur – trop jeune pour oser froisser le producteur. Mais quand même, je me demande... Je me demande s'il faut vraiment de la fumée.

— Encore une fois, tonna Goddam, qu'est-ce que tu lui reproches, à cette fumée ?

Cette idée de fumée verte était de lui. Il y tenait tout spécialement.

— Euh... ce qu'il y a... Je me demande si

un vrai homard crache de la fumée, vous comprenez. Un homard, ça vit au fond des mers…

— Jeffie, mon petit, tu as souvent vu des homards de trois mètres de long ?

— Euh, pas vraiment.

— Alors, qu'est-ce qui te permet de dire qu'un homard de trois mètres de long ne crache pas de fumée ?

— …

— Excusez-moi, monsieur d'Anldau, coupa la starlette en bikini. Est-ce que je peux aller voir la maquilleuse ? C'est atrocement sale, sous cette table. J'ai de la toile d'araignée ou je ne sais quoi sur le nez.

— Bon, okay, Sibyl, soupira le réalisateur. Mais fais vite. Je veux te revoir sur le plateau dans cinq minutes.

— Excusez-moi, monsieur d'Anldau, dit le vieux serveur de bar. Est-ce que je pourrais aller voir l'habilleuse ? Il y avait un clou, ou quelque chose, sous cette table, j'ai fait un accroc à ma chemise.

— Bon, oui, Oscar, soupira derechef le réalisateur. Mais presto, hein ? Cinq minutes, pas plus.

— Monsieur d'Anldau, s'il vous plaît ! dit à son tour le homard. Permettez que je fasse un saut à l'infirmerie ? Ma carapace me mâche le talon, je crois que j'ai chopé une ampoule.

— Bon, okay, Frank. (Troisième soupir.) Mais je t'en prie, fonce !

— Merci, monsieur d'Anldau. Je fonce.

Et le homard fonça en boitillant, sa tête et sa pince gauche sous le bras.

Jeffroy d'Anldau consulta sa montre et s'autorisa un quatrième soupir.

— Bon eh bien, vu l'heure, dit-il, je crois que le tournage est terminé pour la journée. (Il éleva la voix.) Fini pour aujourd'hui, tout le monde ! On arrête là ! Mais attention : demain matin, je veux vous voir tous ici à sept heures et demie tapantes ! On commencera par la scène où le homard tranche la tête de Bill…

Caméramen et preneurs de son mirent leurs appareils en sommeil. Spots et projecteurs s'éteignirent. L'endroit passa brusquement d'un ruissellement de lumière crue à un clair-obscur à la Rembrandt.

Trois minutes plus tard, réalisateur et producteur se retrouvaient seuls dans le studio.

— Je peux te faire une remarque, Jeffie ? grogna Goddam, vissé à son fauteuil de toile. Il n'y a pas une semaine qu'on a commencé ce tournage, et on a déjà deux jours de retard sur le programme.

— Je vous l'avais dit, monsieur Goddam. Moi, je l'ai vu dès que j'ai lu le scénario, que ça serait un tournage à problèmes. Et attendez ! Pour le moment, on n'a encore qu'un homard sur le plateau. Attendez qu'on en ait quarante, tous à cracher de la fumée !

Sur ce, soulagé d'avoir livré le fond de sa pensée, le jeune cinéaste salua poliment et s'en fut, laissant le producteur ruminer seul.

***

Pour ruminer, Goddam ruminait.

Oui, le tournage de *Alerte aux homards* s'annonçait long et ardu. Mais s'il avait choisi ce scénario, des semaines plus tôt, dans la pile emportée pour lecture à bord du *Lunatic*, ce n'était pas par enthousiasme. Simplement, c'était le moins mauvais.

La Malédiction des potirons lui était tombé des mains à la sixième page ; *Les Cafards attaquent* l'avaient endormi dès la quatrième, et *Un Rat venu du cosmos* lui avait donné des aigreurs d'estomac avant la fin de la première scène. Quant aux autres, *Terreur sur Antarès, La Révolte des lombrics* ou *Ma Sœur, la nécromancienne*, il n'en avait lu – en diagonale – que le titre et le dernier paragraphe.

En vérité, depuis cette fameuse traversée, Goddam ne rêvait de tourner qu'un film : un film de vampire, avec un vrai vampire en premier rôle. Un film intitulé *Le Vrai Visage de Dracula*.

Chaque soir, à la tombée de la nuit, Goddam revoyait en pensée une petite chauve-souris se faufiler hors d'une chaloupe et s'élancer vers les étoiles.

Où était-elle à cette heure ?

Oh, il ne se faisait pas d'illusions. Des rencontres comme celle-là, on n'en faisait qu'une fois dans une vie. Et encore, pas toujours.

— Navré de vous déranger, monsieur Goddam...

Le producteur ne se retourna pas. C'était Eddie, le gardien du studio. S'il était si navré, qu'il s'explique !

— Désolé de venir vous chercher, mais il y a cet olibrius qui rôdait dans la cour. Il dit que c'est vous qu'il veut voir.

Cette fois, Goddam se retourna – et crut avoir la berlue.

L'olibrius que le gardien tenait au collet était grand et mince et pâle, avec des cheveux noirs et brillants, plaqués en arrière sur le crâne. Habit de soirée noir, chemise blanche, nœud papillon noir, petit médaillon d'or au cou. Une grande cape noire doublée de rouge ceignait ses épaules.

— Bonsoir, monsieur Goddam, salua le comte Alucard. Vous souvenez-vous de moi ? Je ne vous dérange pas, j'espère ?

— Me déranger ? Jamais de la vie ! s'écria Goddam, sautant sur ses pieds.

Il ouvrit grand les bras pour étreindre le comte, façon Hollywood, et dit au gardien :

— Pouvez le lâcher, Eddie. Pas de problème. C'est un vieil ami à moi.

Chapitre 10

— Vous êtes sûr que vous ne voulez pas que je vous fasse griller un petit bifteck, Drac ? proposait Goddam, saucissonné dans un grand tablier de cuisine et coiffé d'une toque de chef. Ou une côte de bœuf, peut-être ? Voyez comme elles sont belles.

Une longue fourchette à la main, il mâchouillait son éternel cigare.

— Oh non, merci, cher monsieur Goddam, répondit le comte. C'est gentil à vous, merci mille fois, mais… je prendrai plutôt de cette appétissante salade verte que je vois là.

— Vous êtes sûr, monsieur le comte, sussura Hetty Goddam, que vous ne vous laisserez pas tenter par un doigt de ce vin blanc ? C'est du chardonnay de Californie, tout ce qu'il y a de meilleur.

— Sans vouloir vous offenser, non merci, chère madame. J'aimerais mille fois mieux, si vous le permettez, un petit verre de ce jus de raisin que je vois là.

Dans le soir tombant, tous trois prenaient le frais sur l'immense terrasse de la villa des Goddam à Beverly Hills, quartier huppé de Los Angeles. Ravie de recevoir un comte transylvanien (et pleinement rassurée sur son caractère inoffensif), Hetty Goddam avait couvert de boissons variées sa table roulante, tandis que son époux officiait aux grillades devant un immense barbecue.

Quant au comte, il se prélassait au creux d'un transat tout confort, près d'une piscine en haricot, féeriquement éclairée par des spots immergés. Le regard plongé dans l'eau turquoise, il repassait dans sa tête les derniers épisodes de son périple américain.

De sa prison du Kansas, il avait volé à tire-d'aile, plein ouest, avec son idée en tête.

Très vite, la plaine avait laissé place aux montagnes. Colorado, Utah, Nevada, ses petites ailes avaient tout franchi vaillamment, et son cœur s'était réjoui de la splendeur des paysages – le comte avait un faible pour les montagnes.

Il s'était tout juste un peu attardé à Las

Vegas. Dans cette ville de casinos et de night-clubs, ni son habit, ni sa cape ne paraissaient déplacés. Il avait même tenu lieu de témoin, quatre ou cinq fois, à des couples venus s'unir dans cette capitale du mariage rapide. Tous avaient beaucoup apprécié ce monsieur bien mis, si poli. Après la cérémonie, on l'avait invité au buffet, où il s'était gavé de céleri, de petites tomates cerises et d'énormes pêches californiennes.

Ce n'était là, bien sûr, que des amitiés de passage, mais elles lui avaient réchauffé le cœur, et c'est plein d'espoir que, la veille, il avait rassemblé ses forces pour survoler la Vallée de la Mort et gagner enfin Hollywood...

— Votre jus de raisin, monsieur le comte, roucoula Hetty Goddam, rompant le fil de ses pensées.

Dans la lumière bleue de la piscine, sa blondeur de synthèse prenait des reflets fluo.

— Un petit grignotis ? ajouta-t-elle en lui fourrant sous le nez un immense plateau d'amuse-gueule en tous genres.

— C'est trop aimable à vous, dit le comte. Quelle merveilleuse hospitalité !

Ses longs doigts survolèrent les bouchées au foie gras, au salami, à la mortadelle, pour se saisir d'un canapé au roquefort et à la laitue, surmonté d'une graine de tournesol.

Il y planta les dents élégamment, savoura en connaisseur et se tourna vers le barbecue où son hôte s'affairait avec ses côtes de bœuf, ses brochettes et ses poivrons.

— Comme je vous disais, monsieur Goddam, je suis venu rediscuter de votre offre si généreuse d'un petit rôle pour moi au cinéma… Si cette offre tient toujours, bien naturellement.

— Oh ! mais elle tient, elle tient plus que jamais ! s'écria le producteur, retournant une côte de bœuf avec tant d'énergie que le jus gicla en tous sens. Ouaip ! Pour devenir star du cinéma, Drac, mon ami, vous avez frappé à la bonne porte !

— Oh, devenir une star, vous savez, modéra le comte avec tact, ce n'est pas tant ce qui m'importe. Ma priorité, voyez-vous, c'est de faire connaître au monde qui je suis vraiment.

— Oui, oui, bien sûr, Dracky, très cher, assura Goddam en embrochant une aubergine. C'est exactement ce que nous allons faire, vous et moi.

— Un film qui me montrera au monde sous le meilleur éclairage possible.

— Absolument ! s'enthousiasma Goddam

en touillant sa poêlée d'oignons. Un film qui éblouira le monde entier. Attendez que nos maquilleuses en aient terminé avec vous. Les dents éclatantes ; le teint blême ; les yeux cerclés de rouge... Oh ! et la chauve-souris qui descend en piqué, par une nuit de pleine lune, droit vers le cou tendre de l'héroïne...

— Oh non, monsieur Goddam ! se récria le comte, agitant ses mains pâles. Non-non-non ! Ce n'est pas du tout ce que j'ai en tête. Je vous l'ai dit : je veux faire un film qui *améliore* mon image, pas qui la noircisse encore. Je veux faire un film qui me montre tel que je suis : doux et bienveillant. Je n'ai pas traversé toute l'Amérique, croyez-moi, pour jouer les monstres au cinéma. Je ne suis *pas* un monstre. Si vous saviez comme je suis las d'être détesté, honni, rejeté, où que j'aille ! Je voudrais qu'on m'apprécie. Je voudrais me faire des amis...

Il se tut un instant, un peu embarrassé, et avoua tout de go :

— Vous comprenez, moi, je voudrais qu'on m'aime !

— Mais on vous aime, Dracky, vieux frère ! assura Goddam. Moi le premier, je vous aime. Vous êtes l'espoir, vous êtes l'avenir des studios Mamma Mia. Allez, Drac, on se le fait, ce film. Hein ? D'accord ?

— Pas celui que vous dites.

— Okay, Drac. Je sais ce qu'on va faire. Pour commencer, on tourne mon film, *Le Vrai Visage de Dracula*, dents pointues, vampire sournois, chauve-souris qui saigne à blanc tout ce qui passe à sa portée. Bon, et ensuite – l'an prochain, ou l'année d'après –, on tourne *Le Vrai Visage de Dracula – II*. Et là, d'accord, on vous donne le rôle du chic type. Okay ?

— Non, monsieur Goddam, s'entêta le comte. Désolé, mais je serai intraitable. Ou bien nous tournons le film que j'ai en tête, ou bien, j'en suis navré, notre collaboration s'arrête là.

— Bon sang, vous êtes dur en affaires, Drac, vieux frère, commenta Goddam en empalant une côte de bœuf sur sa fourchette en trident. Mais bon. Puisque vous y tenez tant, je suis bien obligé de m'incliner. Entendu. Vous avez gagné. On fera ce film comme vous le voulez…

Il transféra les côtes saignantes sur un grand plat et les fourra sous le nez du comte avec un grand sourire :

— Vous allez bien vous laisser tenter ? Voyez comme elles sont à point !

— Non, bien franchement, merci, monsieur Goddam. Je croyais vous l'avoir dit, je suis strictement végétarien. Je vais plutôt me servir de cette belle salade que je vois là-bas, si vous permettez.

Assiette en main, le comte se dirigea vers la table roulante, et Hetty Goddam en profita pour souffler à son mari :

— Tu perds la tête ou quoi ? Ne me dis pas que tu comptes faire un film montrant un vampire doux comme un agneau ! Ce sera un flop monumental, c'est couru d'avance. Tu vas couler tes studios.

— Fais-moi confiance, chuchota Goddam. Une fois le contrat signé, c'est moi qui déciderai quel film on fait. Mais, pour le faire signer, il faut l'amadouer, tu comprends ? Tu sais, Hetty, cette belle villa qui te plaît tant, toute rose, avec les clochetons et les trois piscines ? Elle est à nous, ma belle, si nous savons nous y prendre…

Il se tut. Le comte revenait vers eux, son assiette débordant de laitue, de soja et de tranches d'avocat.

— À la bonne heure ! s'écria Goddam. Soignez votre appétit, Dracky ! Et n'hésitez pas à en reprendre, surtout !

— Oh, répondit le comte, je me réserve pour la salade de fruits que j'ai vue à côté.

— Et vous avez raison ! se réjouit Hetty Goddam. Elle est aux framboises et aux litchis, avec une goutte de marasquin. Encore un peu de jus de raisin, monsieur le comte ? Du nectar d'abricot ? De la grenadine ?

— Je vais vous dire, Drac, vieux frère, résuma Goddam. On n'est jamais mieux servi que par soi-même, alors allez-y, faites comme chez vous. Et surtout, détendez-vous. Assez parlé de cinéma pour ce soir, d'accord ? À partir de maintenant, oubliez tout souci. Les affaires et tout le tintouin, je m'en charge.

***

Jeffroy d'Anldau refusait d'y croire.

— Vous voulez dire... Vous annulez le tournage ?

Le jeune réalisateur venait d'arriver dans les studios à la première heure, bouillonnant d'ardeur et de bonne volonté, et voilà que son producteur coupait tous ses élans.

— Meuh non ! protesta Goddam, tirant sur son premier cigare du jour. Jamais dit qu'on torpillait *Alerte aux homards géants* ! On modifie un peu le scénario, c'est tout. Avec un petit changement de titre. Au lieu d'*Alerte aux homards géants*, ce sera *Le Vrai Visage de Dracula*. Et, tiens-toi bien, Jeffie : pour jouer Dracula, on aura un vrai vampire. En chair et en os. Avoue que ça t'en bouche un coin.

— Mais les homards, monsieur Goddam ! Leurs costumes ont coûté une fortune !

— Je sais, je sais, mon petit Jeffie. Pas question de les jeter aux orties. Dans la version révisée, on conserve les homards géants.

Simplement, ils deviennent les bons au lieu d'être les méchants.

— Les bons ? Des homards de trois mètres de haut qui crachent de la fumée verte ?

— Absolument. Dans le scénario revu et corrigé, ce sont les homards qui sauveront la planète.

— La planète menacée par qui ?

Goddam cala son cigare dans un coin de sa bouche.

— Mais je viens de te le dire, Jeffie : par un vampire ! Un vampire diabolique. Mirifique. Grandiose. Un authentique vampire, grandeur nature – attends de l'avoir vu ! Bon. Jeff, mon petit, tu rentres chez toi, tu fais ta valise et tu attends que je t'appelle. Tiens-toi prêt pour un petit tour en Europe.

— En Europe ?

— Oui, en Europe. Parce que ce tournage, Jeffie, on va se le faire en décor naturel. Au pays des vampires : la Transylvanie.

— Et vous dites que c'est un *vrai* vampire ?

— Plus vrai que vrai, Jeffie. Il s'appelle comte Alucard. A-lu-card. Avec un D. Cherche un peu ce que ça donne, lu à l'envers.

Un brin de gymnastique mentale, et le jeune réalisateur murmura :

— Bon sang. Et vous dites qu'il a accepté le rôle ?

— Accepté ? Il est venu me le demander, oui ! Me supplier à deux genoux !

Goddam retira son cigare de sa bouche et l'examina, pensif.

— Simplement, Jeffie, que je te dise : il ne voit pas tout à fait le film comme je le vois, moi.

— C'est-à-dire ?

— Lui se verrait bien dans une bleuette, en chic type et tout ça. Nous, notre boulot, comme tu le sais, c'est de faire des films d'horreur. Et on va en faire un si horrible que tous les autres seront rose bonbon à côté. Imagine un peu la fortune qu'on va pouvoir tirer de ce type-là ! Pense à tout ce qu'on vendra. Posters Dracula. Tee-shirts Dracula. Horloges Dracula. Porte-clés Dracula… Oh, et attends, idée géniale : on fera fabriquer des pantins Dracula, des pantins à désarticuler !

— À désarticuler ?

— Oui, on pourra leur arracher bras et jambes.

— Vous croyez que les enfants voudront de ça ?

Le producteur ne répondit pas tout de suite. Son regard se perdait au loin, sur la colline d'en face, où l'aube naissante illuminait les grandes lettres blanches : H, O, L, L, Y, W, O, O, D.

— Jeffie, mon petit, dit-il enfin, quand les gens auront vu le film que nous allons tourner, toi et moi, même les petites grand-mères voudront arracher bras et jambes à ce paroissien. Quand ce film aura fait le tour du monde, Dracula sera le personnage le plus abominé de la planète. Et, toi et moi, on sera les plus riches. Parce que ce film-là, tu peux me croire, il va nous rapporter des millions, que dis-je ?, des centaines de millions de dollars.

Et, avec le sourire que lui inspiraient toujours les dollars, Hiram P. Goddam tira de sa poche de veston un gros cigare, pour fêter ça.

***

Sur le coteau d'en face, une petite chauve-souris faisait le cochon pendu sous le deuxième O de Hollywood.

Aux premiers rayons du matin, elle desserra ses griffes et s'envola sans bruit pour aller se poser sur la pente en contrebas.

Peu après, un grand diable enveloppé d'une cape noire étirait dans l'herbe ses jambes d'araignée.

Après une nuit à la belle étoile (pour ne rien perdre de la douceur californienne), le comte se sentait en pleine forme.

En pleine forme, mais avec un petit creux.

Alors il tira de sa poche un paquet qu'il défit avec soin. C'étaient, emmaillotées dans une serviette en papier, cinq tranches d'avocat (à peine écrasées) et trois olives noires prélevées tout exprès, la veille au soir, parmi les délices en libre-service sur la terrasse des Goddam.

Quels gens charmants, ces Goddam, songeait le comte, dégustant sa ripaille matinale.

Oh ! comme il lui tardait de tourner ce film !

Chapitre 11

— Nom d'un... Brad ! Regarde ça, un peu !

Le shérif poussa vers son adjoint, sur la table du petit café-restaurant, le magazine de cinéma oublié là par un client et qu'il avait ouvert machinalement.

— Regarde cette photo, Brad et dis-moi : ça te rappelle rien, cette tête-là ?

— Quoi, la fille aux cheveux verts ? Hmmm...

— Non, pas cette page-là, celle-ci ! Le type, là, tu reconnais ?

Brad Roy cligna des yeux.

— Hmmm...

— Y a pas de hmmm, Brad, c'est lui ! Ces dents pointues, ce nœud papillon : y a pas photo. C'est ce coyote de vampire qu'on avait coffré cet été, cette vermine qui s'est fait la belle sous notre nez !

— Ah ouais, chef, ça me revient ! Vous avez raison, c'est lui. Mais qu'est-ce qu'il fait là, en photo, dans une revue de cinéma ?

Les deux mousquetaires de Fredonia s'offraient une pause-café après une matinée (bredouille) aux trousses d'un voleur de pop-corn.

— Ce qu'il fait là ? C'est écrit dessous. Il a décroché le premier rôle dans un film d'épouvante, si j'ai bien compris. (Le shérif reprit le magazine et relut le bref article sous la photo.) Apparemment, après nous avoir faussé compagnie, l'animal a filé droit sur Hollywood, où un abruti de cinéaste l'a engagé pour une ânerie de film... *Le Vrai Visage de Dracula*, ça s'appellera, ils disent... Le tournage démarre à la fin du mois...

— M'enfin, chef, quelle idée ? Pourquoi tourner un film avec cet holibrius ?

Le shérif haussa les épaules. De ses gros doigts, il arrachait la page incluant photo et article.

— J'en sais rien ! dit-il, pliant la coupure de magazine et la fourrant dans sa poche. J'en sais rien, mais je sais une chose. (Il se leva.) Moi vivant, ce tournage n'aura pas lieu. Allez, Brad. On y va.

— Où ça, chef ? s'étrangla Brad Roy, qui entamait à peine son second beignet.

— En Transylvanie, pardi !

— En Transquoi ?

— Chez ce coyote, en Europe ! C'est là-bas qu'a lieu le tournage, ils disent. Mais nous, on va débarquer sans prévenir et remettre la main sur l'oiseau ! Et cette fois, fais-moi confiance, il s'envolera pas de la cage. Et il passera devant un tribunal. Et il sera pas près de revoir le soleil, c'est moi qui te le dis !

— Mais, chef... On est des officiers de police du Kansas... Pas de Transvilanie ! Et en plus, d'ici à l'Europe, ça fait un bout de chemin, chef. Avec un océan au milieu. Vous croyez qu'on va nous laisser aller en mission là-bas ?

— En mission, bien sûr que non. Mais il en faudrait plus pour nous arrêter ! On va y aller *en vacances* ! Il me reste quinze jours de congé à prendre cette année, et toi aussi, que je sache.

— En vacances, chef ? Mais je comptais aller en Floride, moi, cette année ! Je me réservais ça pour Noël ! Il y a plein de nouvelles attractions à Disneyworld et je me disais...

— Mickey attendra. Il y a plus urgent. Au

cas où tu l'aurais oublié, je te rappelle que cet été, à la police du comté, ils se sont tous payé notre tronche quand cette canaille nous a filé entre les doigts ! Tu ne veux donc pas laver ton honneur ? Tu préfères laisser la vermine courir le monde en liberté ?

— Pas du tout, chef. Simplement…

— Bon. En ce cas, tu viens avec moi voir le maire, presto, qu'on dépose cette demande de congé !

Le shérif adjoint se leva mollement tout en vidant son gobelet de café. Il enfourna d'un coup le restant de son beignet et suivit son chef d'un pas traînant.

Trente secondes plus tard, Kitty sortit de la cuisine et regagna la salle pour voir où en étaient ses deux clients.

Mais la salle était déserte. Kitty saisit son torchon pour aller nettoyer la table désertée par les deux hommes.

Partis ? Sans même lancer à Kitty l'habituel « Allez, bonne journée » ?

Et si ça se trouve, se dit la serveuse en empochant le billet laissé sur la table en paiement, ces deux-là seront mes seuls clients de la journée.

Car, depuis l'ouverture de la nouvelle voie express, trois semaines plus tôt, le *Drake*

Snack ne voyait plus passer grand monde. Le propriétaire n'avait encore rien dit mais, si les affaires ne s'amélioraient pas, il pouvait fort bien décider de fermer.

Triste métier, concluait Kitty. Plus personne à qui parler de toute la sainte journée. Le temps était peut-être venu d'aller voir ailleurs…

C'est alors que ses yeux tombèrent sur une petite annonce encadrée, dans le magazine resté ouvert sur la table à débarrasser.

SERVEUSE DE BAR. La vie vous semble-t-elle parfois monotone ? Une occasion s'offre à vous d'exercer votre métier dans un tout nouvel univers : le monde du cinéma…

Kitty saisit d'une main le crayon calé dans sa toison et, de l'autre, le carnet de commandes accroché à sa ceinture.

D'une main appliquée, elle nota le numéro de téléphone indiqué au bas de l'annonce.

Chapitre 12

— Oooh ! souffla Sibyl, la Miss Eunice de *Alerte aux homards géants*, inclinée vers son hublot.

L'appareil d'Air Transylvania amorçait un virage sur l'aile tout en accentuant sa descente vers le sol. Le paysage en contrebas était déjà pleinement visible : des sapins, des sapins et encore des sapins – des kilomètres carrés de sapins enneigés, campés en rangs serrés sur des flancs de montagne escarpés.

L'actrice prit son voisin à témoin :

— Impressionnant, non ? Vous avez vu, Frank ?

Le grand timide à petites lunettes assis à ses côtés allongea le cou vers le hublot.

— Pas très riant, dit-il. Tout à fait le genre de forêt où on verrait bien rôder des loups.

— N'empêche, reprit Sibyl, ça paraît un peu irréel, vous ne trouvez pas ?

— Si, si, absolument. Mais tout paraît un peu irréel, dans ce tournage, non ? Le nouveau scénario, le voyage…

Ils se turent, chacun à ses pensées.

Depuis une quinzaine de jours, l'un et l'autre avaient l'impression de marcher dans un rêve.

Pour Sibyl Bockey – starlette parfaitement inconnue, mais qui entendait bien ne pas le rester –, le nouveau scénario était un don du ciel. Dans *Alerte aux homards géants*, elle n'avait eu qu'un bout de rôle : deux séquences en tout, dont l'une se déroulait sous une table tandis que l'autre s'achevait tragiquement entre les pinces d'un homard géant, dix minutes après le début du film. Un peu court pour décrocher un prix d'interprétation ! Alors que, dans la version révisée, Miss Eunice restait en vie jusqu'au mot FIN, on le lui avait promis.

Quant à Frank, il avait peine à croire à sa chance. Pour commencer, son nouveau rôle le retirait du clan des méchants ; au contraire, en chef des homards, il devenait un héros. Mais surtout, à l'instant même, il était assis aux côtés de la plus belle fille du monde (à ses yeux) et ce tournage lui offrirait sûrement l'occasion de déclarer sa flamme. Au diable la timidité ! D'ailleurs, tout était favorable : le voyage à l'étranger, l'inconnu, le parfum d'aventure…

L'équipe de tournage au complet s'était casée dans l'appareil. Acteurs, actrices et techniciens, habilleuses, maquilleuses et autres, tout ce petit monde, nez aux hublots, commentait le paysage qui défilait en contrebas, en ces derniers instants avant l'atterrissage.

Le seul à ne pas regarder était le scénariste, à l'arrière. Son ordinateur portable sur les genoux, il achevait, dans la fièvre, de ficeler le nouveau scénario.

Et ce n'était pas une mince affaire. Allez donc inclure un vampire dans une histoire de homards géants – et adapter pour les neiges d'Europe des scènes prévues, à l'origine, pour les plages de Californie !

— Je peux vous confier un petit secret, Frank ? chuchota Sibyl, ses longs cils toujours tournés vers les sapins de plus en plus proches.

Le cœur du jeune acteur fit un bond.

— Tout ce que vous voudrez, Sibyl.

La plus jolie fille du monde allait lui faire une confidence !

— J'ai un peu peur, pour ce tournage. Ce trou perdu. La neige. La glace. Je n'ai jamais tourné dans ce genre de conditions.

Il s'empressa de la rassurer.

— Ne vous en faites pas, je serai là. J'ai déjà tourné dans ce type de décor. J'ai même joué un Lapon, un jour.

— Ah ? fit Sibyl, d'un ton de professionnelle. Dans quel film ?

— Euh, ce n'était pas vraiment un film. C'était… une publicité pour des desserts glacés… Et ce n'était pas de la vraie neige, non plus, avoua Frank dans un énorme effort d'honnêteté.

Et, profitant de cet afflux de courage, il saisit la main de la starlette et la pressa dans la sienne. Puis il reprit d'un ton grave :

— Mais c'était tout de même une expérience, Sibyl. Et si je peux vous soutenir durant ce tournage, croyez bien que je le ferai. N'hésitez pas à faire appel à moi.

— Merci, Frank, murmura-t-elle. Moi, ce qui me fait peur surtout, c'est d'avoir le nez rouge, avec ce froid.

Cette fois elle se tourna vers lui et, battant des cils, lui dédia son plus beau sourire.

Il remonta ses lunettes et sourit du mieux qu'il put.

Elle n'avait pas retiré sa main. Il en avait le cœur qui galopait comme un lièvre.

Quelque chose de merveilleux était-il sur le point de bouleverser sa vie ?

***

— Mesdames, messieurs, prévint la voix veloutée de l'hôtesse, nous arrivons à Cluj. Atterrissage dans quelques minutes. Température au sol : – 4°C. Veuillez éteindre vos cigarettes, relever vos tablettes et boucler vos ceintures, s'il vous plaît.

Dans la section première classe, Hiram P. Goddam poussa un soupir de soulagement. Enfin ses pieds allaient retrouver la terre ferme. Le producteur détestait l'avion. Pas par crainte des accidents de vol mais parce que fumer était interdit à bord. Pour passer le temps, il mâchonnait un cigare éteint ; mais l'effet n'était pas le même.

— On y est presque, Hiram, lui annonça Hetty, sur le ton de l'information confidentielle.

Hetty Goddam suivait toujours son mari en tournage. Elle adorait voyager. Ah ! découvrir le vaste monde, ses grands magasins, ses boutiques !

À cet instant, pourtant, elle avait l'air soucieuse.

— À ton avis, Hiram, où vaut-il mieux m'acheter une fourrure ? Dans une boutique de l'aéroport, ou en ville ? En ville, il y aura davantage de choix, mais à l'aéroport… Oh, peut-être que le mieux sera d'en acheter deux…

— Deux fourrures ? grommela Goddam. Tu en as déjà une pleine penderie à la maison.

— Mais aucune de Transylvanie, pas la queue d'une. Qu'est-ce que tu ferais à ma place ?

— À ta place, j'achèterais un pull. Et je laisserais vivre en paix les renards, les ours, les visons et les taupes de Transylvanie, sans parler des lapins et des rats.

L'appareil rasait la cime des sapins. D'un coup d'œil au hublot, Goddam crut voir une queue fourrée filer entre deux troncs. Diantre. C'était plus sauvage qu'il ne l'aurait cru.

Il s'inclina en avant pour taper sur l'épaule du réalisateur, assis devant lui.

— Jeff ? Tu as vu ce décor ? Je parie que tu brûles de commencer le tournage, hein, Jeffie ?

Jeffroy d'Anldau se dévissa le cou.

— Y a une chose qui m'inquiète, monsieur Goddam : ce premier rôle que vous avez engagé, il sera au rendez-vous, au moins ? Vous êtes sûr que c'était sage de laisser ce comte Alucard voyager par ses propres moyens ?

— Sûr, Jeffie. Il sera là. J'ai sa parole. La parole d'un comte transylvanien. Ces types-là n'ont qu'une parole, crois-moi.

En vérité, Goddam aussi se tracassait. Le comte viendrait, il en était certain. Mais serait-il là à temps pour le premier jour de tournage ?

Le producteur avait tout fait pour persuader le comte Alucard voyager en avion avec l'équipe de tournage. Mais le comte avait refusé. Et rien n'avait pu le faire fléchir, ni l'offre d'un billet de première classe, ni la promesse d'un plateau repas exclusivement végétarien, avec fruits rouges à volonté.

Non, le comte avait été intraitable : il regagnerait son pays natal en solo, sans l'assistance de quiconque.

***

Les craintes du cinéaste étaient totalement infondées. Le comte avait posé le pied sur le sol de son pays cinq jours avant le restant de l'équipe.

Il n'avait pas musardé, cette fois. La traversée des États-Unis, il l'avait faite en chauve-souris, pendu à l'arrière du fourgon de queue d'un train de marchandise. Trois jours à bringuebaler tête en bas, après quoi il avait filé à l'aéroport Kennedy. Là, il s'était glissé dans la cale d'un avion cargo italien en partance pour Rome. Enfin, depuis l'Italie, il avait volé de ses propres ailes pour rallier son pays natal.

Et voilà comment, onze jours à peine après avoir quitté Hollywood, le comte était perché sur un piton rocheux, au cœur des montagnes de Transylvanie. Là, sous la neige, dormaient les ruines de l'ancien château Alucard, demeure de ses ancêtres.

De l'imposante bâtisse il ne restait plus grand-chose depuis ce triste jour où les gens du bourg en avaient fait une flambée – pour l'unique raison qu'ils abominaient le nom même d'Alucard.

Oh ! dans sa générosité, le comte ne leur en voulait pas. Il savait bien que ses aïeux avaient été de sinistres vampires. Une fois de plus, pourtant, il avait le cœur gros de payer pour des crimes qui n'étaient pas les siens.

Allons, quand ce film serait tourné, ce film qui allait le réhabiliter, peut-être les gens du pays comprendraient-ils enfin ? Peut-être le laisseraient-ils rebâtir ce château et vivre en paix chez lui ?

En tout cas, c'était pour renouer avec les lieux de son enfance que le comte avait tenu à revenir ici seul, un peu en avance sur les autres.

Car il n'y avait pas que de mauvais souvenirs. Si les humains, assurément, n'avaient jamais été très liants, il s'était toujours fait des amis parmi les créatures sauvages, oiseaux, blaireaux, renards, lapins – et même, oui, même parmi les loups. Chers vieux loups ! Peut-être allaient-ils flairer sa présence et venir lui faire fête ?

— Euh, je vous demande pardon, monsieur. Puis-je vous demander un petit renseignement ?

Le comte se retourna en sursaut. Un bonhomme à moustache tombante le considérait depuis le chemin, perché sur une carriole traînée par un mulet.

— Naturellement, mon brave, dit le comte. Demandez toujours.

— Vous n'allez pas me tourner le dos dès que j'aurai posé ma question ?

— Et pourquoi donc vous tournerais-je le dos ?

— Parce que, figurez-vous, c'est ce que font

les gens depuis ce matin. Tous. Depuis que j'ai mis les pieds dans ce patelin. J'ai pas fini de poser ma question qu'ils font une sale tête et tournent les talons.

— Hmm, fit le comte, pensif. Je crois que je devine la question.

L'homme retira un glaçon de sa moustache.

— Vous la devinez ? Alors, c'est que vous lisez dans les pensées des gens !

— Pas du tout, dit le comte, mais... Vous n'êtes pas d'ici, je parie ?

— Non, je viens de Botrograd. Je suis livreur et, voyez-vous (du menton, l'homme désigna un grand et long paquet dans sa charrette), j'ai pris ce colis ce matin à la gare, et j'ai mis deux bonnes heures pour arriver ici, et... Au fait, c'est quoi, d'après vous, la question que je pose ?

— Vous demandez où se trouve le château Alucard.

— Dieux du ciel ! jura le charretier. Vous êtes un médium ! Un sorcier !

— Pas du tout, le rassura le comte avec un bon sourire. Mais il se trouve que je comprends un peu les gens du pays. Et il se trouve aussi que je devine la nature de ce colis. Il m'est destiné, sauf erreur. Je suis le comte Alucard. Et ceci est le château Alucard – ou du moins ce qu'il en reste. Permettez que je vous aide à décharger ce paquet ?

***

Le livreur reparti, le comte dénoua la corde et déchira le carton contenant son cercueil.

À l'intérieur, une enveloppe rose, épinglée à l'oreiller de satin, portait son nom écrit d'une main appliquée. Le comte en sortit une lettre (du même rose), la déplia et lut :

Croydon-St. Thomas, ce jeudi

Cher Comte Alucard,

J'espère que vous n'allez pas estimer que je me mêle de ce qui ne me regarde pas. Mais n'ayant pas eu de vos nouvelles depuis quelque temps, j'ai pensé que vous étiez de retour chez vous, et qu'il valait mieux que je vous réexpédie ce qui vous appartient.

Bien sincèrement, je suis navrée que la sottise d'une poignée de mes concitoyens vous ait poussé à repartir chez vous. C'est d'autant plus stupide que les choses se sont tassées très vite. À présent, ils ont honte de vous avoir traité de cette façon (et c'est d'ailleurs pourquoi ils m'ont rapporté l'objet ci-joint). Et ils ont mille rai-

sons d'avoir honte ! S'en prendre à quelqu'un comme vous, alors que j'avais toujours dit que vous étiez l'honnêteté même – et si discret, si courtois !

J'ajoute que si d'aventure vos pas vous mènent à nouveau par chez nous, votre petite chambre vous attend au cottage du Chèvrefeuille.

J'espère que cette missive vous trouve en pleine santé et vous prie de croire, cher monsieur le comte, à ma considération distinguée,

Thora Prendergast.

Le comte s'assit sur son cercueil, tira un mouchoir de sa poche et se moucha un bon coup. Il était toujours très sensible aux moindres marques d'amitié. C'était si rare, à vrai dire !

Allons, songeait-il, le monde n'est pas si mauvais. Et quand ce film sera sorti, qui sait ? Peut-être les gens comprendront-ils, comme cette bonne Mme Prendergast, que je suis l'honnêteté même, la discrétion, la courtoi…

— M'sieur, s'il vous plaît ? dit une voix flûtée, tirant le comte de ses pensées. C'est quoi, ça noir avec des poignées ?

Le comte releva les yeux. Deux enfants

étaient plantés devant lui, deux petits de sept ou huit ans, garçon et fille, emmitouflés jusqu'aux oreilles. Ils semblaient frère et sœur, et le garçon était l'aîné.

— C'est une grande boîte pour ranger des choses ? s'enquit la petite.

Le comte lui sourit, attendri.

Ainsi donc, dans la région même, des enfants grandissaient sans avoir entendu parler de Dracula ? Ainsi donc, des enfants osaient s'aventurer près des ruines du château maudit ? Tout n'était donc pas perdu ! Un jour, peut-être, plus personne ne se souviendrait.

Le comte réfléchit très fort. Que répondre pour ne pas effaroucher ces petits ?

Il hésita :

— Non, c'est un... C'est un peu magique. En fait, ça devient ce que je veux que ce soit.

— Oh, et ça peut devenir une luge ? demanda le garçon, l'œil brillant.

— Oui, oui ! S'il vous plaît ! Une luge ! s'enthousiasma la petite.

— Pourquoi pas ? dit le comte. En voiture !

L'instant d'après, trois silhouettes sur une luge sombre dévalaient la pente hardi petit, louvoyant entre les sapins.

La plus grande des trois silhouettes, tout

de noir vêtue, cape au vent, dirigeait l'engin à l'aide de ses longues jambes, freinant la course avec ses souliers cirés. Devant lui, solidement cramponnés aux poignées, ses petits passagers s'égosillaient : « Youpii ! Plus vite ! » et riaient aux éclats à chaque cahot du bolide.

Chapitre 13

— Nom d'un chien ! Jamais vu pareille soupe de pois, bougonnait le shérif Bob Ross.

D'un violent coup de volant à gauche, il évita une congère et s'en prit à son passager :

— Si tu regardais la carte, un peu, au lieu de dormir à moitié ? Qu'on sache où on est, au moins.

Docile, Brad Roy déplia la carte routière de Transylvanie fournie avec la voiture de location. Assortie au véhicule, elle était bonne pour le musée et menaçait de tomber en pièces.

— Moi je veux bien, chef, dit-il. Mais ça va nous avancer à quoi ? Où est l'intérêt de savoir où on est, étant donné qu'on sait pas où on va ?

Le shérif remonta son col de veste. Le problème était en effet qu'ils n'avaient aucune idée d'où aller.

L'article découpé dans *Star Mag* manquait de précisions sur ce point. Il y était dit que le comte Alucard devait tourner un film en Transylvanie, mais où exactement ? Mystère.

Or la Transylvanie, découvraient les deux hommes, c'était finalement assez vaste. Moins que le Kansas, bien sûr, mais largement assez pour s'y perdre. Et naturellement ni l'un, ni l'autre ne parlait un mot de transylvanien. Et aucun des Transylvaniens rencontrés jusqu'ici ne parlait un mot d'anglais, si bien que les deux limiers commençaient à se demander comment ils allaient s'y prendre pour retrouver leur gibier.

Le brouillard n'arrangeait pas les choses, ni la neige sur la route, ni ces virages à tout bout de champ…

— Crénom, gronda le shérif, ça ne devrait pourtant pas être sorcier de repérer une route pareille sur la carte : des routes qui se tortillent comme ça, doit pas y en avoir des masses !

— Faudrait y voir plus clair, aussi ! protesta son adjoint en levant vers la vitre la carte écornée.

Pour couronner les choses, il s'était remis à neiger. De gros flocons pâteux se plaquaient au pare-brise comme des boulettes de papier mâché, et les essuie-glace pleuraient misère dans leurs efforts pour les déloger.

— Crénom de bonsoir, grogna le shérif, ça n'en finira donc pas de virer ! Brad, tu sais quoi ? Je vais m'arrêter un moment, et tu vas grimper sur ce truc avec des marches, à droite, qu'on longe depuis un bout de temps, et tu me diras si tu vois quelque chose.

— Grimper, chef ? Par ce temps ? Sur ces marches glissantes ? C'est à moi que vous demandez ça ?

— À qui veux-tu que ce soit ? Et tu me vois grimper là à mon âge ?

— Je croyais qu'on était en vacances, marmonna Brad Roy.

Mais il s'extirpa de la voiture, claqua la portière, et se dirigea vers le truc avec des marches, sur la droite, dont le sommet se perdait dans le brouillard.

L'ensemble se révéla être un large piédestal de statue, et quand Roy arriva au pied de ladite statue, en haut des marches, il eut un petit cri de surprise.

— Hey, chef ! Vous savez quoi ? lança-t-il vers le toit de la voiture. Le truc avec des marches, c'est un socle de statue, chef – un grand podium, si vous aimez mieux. Et ça fait bien cinq ou six fois qu'on tourne autour. Voilà pourquoi on n'arrêtait pas de tourner à droite, chef. On tournait en rond !

— Dis-moi plutôt ce que c'est comme statue, grogna le shérif. Rien d'écrit nulle part ?

— Il y a une espèce de vieux grand-père avec une barbe et un grand manteau, et contre lui il y a une autre statue, une espèce de…

— Brad Roy ! déclara la statue adossée au grand-père barbu. Je n'aime pas beaucoup qu'on me traite d'espèce de…

— Houps ! glapit le shérif adjoint.

— Qu'est-ce que c'est ? s'enquit le shérif en contrebas.

— Ben… Chef, vous me croirez jamais ! Le vieux bonhomme barbu, il est bien en pierre, mais l'autre statue…

— Ouais, l'autre statue ?

— L'autre, c'est pas une statue, c'est Kitty !

Le shérif hésita une seconde.

— Kitty qui ?

— Kitty du Kansas, shérif ! répondit la

LA PATRIE
RECONNAISSANTE

jeune serveuse noire, emmitouflée des pieds à la tête et entièrement saupoudrée de neige. Kitty Beaumont, du *Drake Snack* ! Vous en connaissez beaucoup, des Kitty, shérif ?

— Que je sois pendu ! marmotta le shérif.

— Bon sang, Kitty, ça fait un choc ! dit Roy. Du diable si je m'attendais à te trouver ici, au fin fond de la Transylvanie ! Je te croyais sagement à Fredonia, Kansas.

— Même chose pour vous autres, je dirais, répondit la serveuse. On peut savoir ce que vous faites ici ?

— Ben, moi, je suis grimpé là pour essayer de faire le point, expliqua le shérif adjoint. On s'est un peu perdus, dans ce coton. Et toi, qu'est-ce qui t'amène ici ?

— Moi, j'attendais un autocar..., commença Kitty.

— Un autocar ? Sur un socle de statue ?

— Non, j'attendais l'autocar près du panneau, là-bas, mais il s'est mis à neiger. Ça va faire une heure que je poirote, alors je suis montée ici pour m'abriter un peu. Avec son manteau, ce petit vieux me coupe le vent, et je suis encore mieux placée pour voir mon car arriver – s'il arrive !

— Et où vas-tu comme ça, Kitty, si ce n'est pas trop indiscret ?

— Dans un bled qui s'appelle Rumptoft. Vous n'iriez pas par là, par hasard ?

— Pour être franc, Kitty, murmura l'adjoint, nous autres, on sait pas trop où on va.

— Eh, vous deux ! lança le shérif en passant la tête par la portière. Comptez rester là-haut jusqu'à la fin de vos jours ? La neige se calme un peu et on dirait que le brouillard se lève. Faudrait voir à repartir, Brad !

— J'arrive, shérif ! Euh, je voulais vous demander : on pourrait pas faire un brin de conduite à Kitty ? Elle va dans un bled qui s'appelle Rumptoft.

Le shérif réfléchit une seconde.

— Pourquoi pas ? décida-t-il. Pour la différence que ça fera…

Brad lança à Kitty un sourire éclair, il empoigna son sac à dos et lui tendit une main pour l'aider à redescendre les marches verglacées.

— Sans indiscrétion, Kitty, dit le shérif par-dessus son épaule en faisant redémarrer le moteur, qu'est-ce qui t'amène en Transylvanie ? Et pourquoi ce Rumfpot au juste ?

— Rumptoft, rectifia la serveuse gentiment. Non, ça n'a rien d'indiscret, shérif. Je peux vous le dire…

Elle plongea une main dans son sac, farfouilla un instant, en ressortit une moitié de page découpée dans un magazine et reprit :

— Voilà. J'ai trouvé ça l'autre jour, dans une revue de cinéma : les studios Mamma Mia tournent un film là-bas, et ils cherchaient une serveuse pour servir les repas à l'équipe de tournage. Moi, tout de suite, j'ai téléphoné et, croyez-le ou non, j'ai décroché le poste !

— Génial, Kitty ! s'écria Roy. Sûrement plus palpitant que de servir des cafés, au Kansas, à des croûtons comme le shérif et moi. Croyez pas, shérif ?

Le shérif ne répondit pas. Il était trop occupé à réfléchir.

Puis il se tourna vers Kitty.

— Et tu dis qu'ils tournent ce film à Rumpf... Rumpof ?

— À Rumptoft, oui, shérif. Pourquoi ? Vous comptez passer quelques jours là-bas vous aussi ?

— Non, assura le shérif très vite, une main levée pour mieux nier. Je demanderais pas mieux, tu sais, Kitty. Mais nous avons tant de choses à voir, Brad et moi ! Beaucoup trop. Pas le temps de musarder. On te dépose là-bas et on repart aussi sec.

Mais le clin d'œil à son adjoint en disait

long : les « choses à voir » n'étaient pas bien loin, finalement.

Un rayon de soleil perçait. Le shérif accéléra tout doux, et les roues crissèrent, joyeuses, sur la route du succès.

***

Au sommet du piton surplombant le bourg de Rumptoft, le soleil oblique dorait la neige.

Le comte Alucard, ému, regardait deux petites silhouettes redescendre vers le village. Quel merveilleux après-midi il avait passé avec ces enfants, à dévaler les pentes poudreuses sur sa luge improvisée !

Le comte avait le cœur en fête. Il était de retour chez lui et, en un même après-midi, il avait récupéré son bien le plus cher et s'était fait deux amis.

Deux amis, oui, mais… les gens du bourg ? Comment réagiraient-ils en apprenant son retour ? C'était une autre paire de manches.

Restait donc à espérer que nul de découvrirait sa présence avant la sortie du film, ce film qui arrangerait tout. Et sûrement ce bon M. Goddam saurait ne rien ébruiter, du moins le temps qu'il faudrait.

Halant son cercueil dans la neige, le comte se remit en route vers les ruines du château.

Ce soir, il savait où dormir. Il avait repéré une pierre qu'il suffisait de déplacer pour accéder au sous-sol du château. Il dormirait dans les oubliettes, bien au chaud. Les nuits étaient frisquettes à cette époque de l'année, mais sous terre il faisait bon, au creux d'un cercueil capitonné.

À nouveau, le comte se tourna vers le bas de la pente.

Les deux petits, Konrad et Gretel, n'étaient plus très loin du bourg. Ah ! et sur la grand-place, il y avait du monde, aussi : deux colonies de fourmis sortaient de deux boîtes rectangulaires. Sans doute l'équipe de tournage arrivant de l'aéroport dans les autocars de location.

Le comte emplit ses poumons d'air du soir. Le lendemain verrait les débuts de sa carrière au cinéma.

Chapitre 14

— Tu veux que je te dise, Hetty ? Génial, ce nouveau scénario !

Cigare aux lèvres, Hiram P. Goddam parcourait les pages remises par son scénariste à la descente de l'avion.

Cette fois, le succès était assuré. Et la fortune. Et la gloire.

— À la bonne heure, répondit Hetty en s'admirant sous toutes les coutures dans l'armoire à glace de leur chambre, la plus grande chambre de l'unique auberge rumptoftienne.

Non contente de s'offrir la plus somptueuse fourrure de la boutique de l'aéroport, Hetty avait fait l'emplette de la toque assortie.

— Tu veux que je t'en lise un passage ?

proposa le producteur, assis sur le lit en pyjama de soie, près de la lampe de chevet.

— Merci, pas maintenant, répondit Hetty, retirant à regret toque et manteau.

Elle aurait mieux aimé sortir – le soir n'était-il pas fait pour cela ? Mais à Rumptoft la vie nocturne semblait des plus limitées.

Neuf heures avaient à peine sonné que déjà le bourg entier était plongé dans l'obscurité. Et, comme le début du tournage était prévu très tôt le lendemain, chacun, soûlé par le voyage, s'était retiré dans son gîte – qui à l'auberge, qui en pension de famille ou chez l'habitant. Les plus heureux dormaient déjà du sommeil du juste.

— Écoute ça, Hetty. Il faut quand même que je te lise un petit passage, un très court. Ça va te plaire.

— Bon, se résigna Hetty Goddam en déposant sur sa coiffeuse boucles d'oreille et collier de perles. Vas-y, je t'écoute.

Elle regardait ses bijoux. Elle les avait déjà beaucoup vus. Pas de doute, un film à succès serait le bienvenu…

— *Scène 32. L'orphelinat. Extérieur. Nuit. Lune à demi masquée par un nuage. La sil-*

houette du vampire traverse la pelouse en direction de la bâtisse, feulant à mi-voix. Ses dents pointues étincellent au clair de lune. Soudain...

***

Au dernier étage de l'auberge, dans une chambre plus modeste, Sibyl Bockey dormait à poings fermés. En rêve, elle voyait un kiosque à journaux, avec sa photo en couverture de tous les magazines.

Dans la chambre voisine, Frank Homlor rêvait aussi. Il rêvait de Sibyl Bockey.

***

De l'autre côté de la place, dans la mansarde exiguë d'une modeste pension de famille, Kitty Beaumont dormait à poings fermés. En rêve, elle se voyait au pied d'une grande statue, occupée à jeter des sandwichs à une horde d'acteurs et d'actrices qui ressemblaient étrangement à un banc de phoques affamés.

***

Au bas des pentes enneigées, dans une petite tente plantée de guingois en lisière des sapins, le shérif et son adjoint se tournaient et se retournaient dans leurs duvets trop légers. Ils n'avaient pas assez chaud pour dormir douillettement, et leurs rêves grelottants n'avaient ni queue, ni tête.

***

Plus haut sur la montagne, sous les ruines du château, dans le souterrain voûté où avaient jadis croupi les prisonniers, le comte s'était coulé dans son cher cercueil capitonné. Trop excité pour dormir, il ouvrait les yeux sur le pan de ciel découpé par un soupirail. Trois étoiles alignées y luisaient d'un éclat dur.

Oh ! qu'il lui tardait d'être au lendemain ! Qu'il lui tardait de tourner ce film qui le montrerait tel qu'il était !

Au loin, les loups hurlaient à la lune. Le comte aimait ce chant-là. Les loups étaient ses amis.

Savaient-ils qu'il était de retour ?

***

— Eh ben, il t'en a fallu du temps ! grogna le brigadier Kropotel à sa femme qui descendait l'escalier de bois à pas de loup, toute ronde dans son tablier à fleurs.

Elle venait de coucher les enfants. Ce n'était jamais une mince affaire, mais ce soir la cérémonie avait été interminable. La preuve : le coucou de l'horloge venait d'annoncer neuf heures.

— Les chenapans ! chuchota Irma Kropotel. Ils étaient excités comme des puces. Rien à faire pour les calmer.

— Ils devaient être fatigués, pourtant ! À jouer dehors tout l'après-midi sur la montagne…

— Justement ! Ils ont trop bien joué ! Ils n'arrêtaient pas de parler des folles parties de luge qu'ils ont faites avec ce gentil monsieur…

Kropotel arrêta de brosser ses croquenots.

— Gentil monsieur ? Quel gentil monsieur ?

— Quelqu'un qu'ils auraient rencontré là-haut, du côté des ruines du château. Si tu veux mon avis, c'est un jeu : ce monsieur n'a existé que dans leur imagination.

Kropotel en restait brosse en l'air.

— Les ruines du château ? Du château *Alucard* ? Combien de fois t'ai-je dit que je ne voulais pas qu'ils aillent traîner là-bas ?

Sa femme haussa les épaules.

— Tu vis dans le passé, Alphonse. Les Alucard sont morts et enterrés.

— Morts et enterrés, pas tous, dit Kropotel en se remettant à brosser. Le dernier, va savoir où il est ! Inutile de courir des risques. Et c'était qui, ce monsieur qu'ils ont vu ?

— Je te l'ai dit : une invention à eux.

— Une invention ? Qu'est-ce qui te le fait croire ?

— Ce qu'ils m'en ont dit. Qui veux-tu qui aille se balader sur la montagne en habit noir, avec une chemise blanche, un nœud papillon et une cape noire doublée de rouge ? Hein ? Qui ? Je te demande un peu !

— Tu me le demandes ? rugit le brigadier. Alors je te réponds : un vampire, voilà qui ! Un Alucard, un vrai, en tenue d'Alucard ! (Il se redressa de toute sa hauteur, qui était courte.) Irma ! Les vampires sont de retour !

— Mais enfin, Alphonse, protesta Irma d'une voix moins ferme. Il était si gentil, à ce que les gosses m'ont dit ! Il leur a fait faire de la luge ! Il avait ce long coffre noir avec des poignées de cuivre et…

Elle se tut net et se mit à gémir :

— Bonté divine ! Que tous les saints du calendrier nous protègent !

Le brigadier rechaussait ses croquenots.

— Oui, et tu peux les remercier, tes saints du calendrier, de nous avoir prévenus à temps. Combien je te parie que si, demain, les gosses étaient remontés là-haut, il aurait planté ses dents pointues dans leurs petits cous tendres ? Mais tant pis pour lui, demain sera trop tard. Nous allons agir, et vite !

— Tu ne vas tout de même pas…, bégaya

Irma Kropotel en voyant son brigadier de mari reprendre son costume de service.

— Monter là-haut maintenant ? Sûr que non. Pas fou. Me promener dans ces ruines à la nuit noire ? Merci bien ! Non, je vais prévenir Rumboll.

— À cette heure-ci ? Il doit dormir !

— Je le réveillerai. C'est le maire, non ? Il est là pour ça. Lui et moi, on va décider de la suite à donner à l'affaire. Et demain, dès l'aube, à l'assaut !

Kropotel gagna la porte, tira le verrou, et se retourna vers sa femme.

— Et je te préviens, Irma : pas un mot là-dessus, à personne.

— Mais à qui voudrais-tu... ? Vu l'heure...

— On te connaît, gronda Kropotel. Et on n'est jamais trop prudent. Surtout avec ces Américains qui sont arrivés ce soir. Tu te rends compte ? S'ils entendaient dire qu'un vampire, un vrai, se balade dans nos rues, ils repartiraient vite fait. Avec leurs portefeuilles et tout. Ce sont nos premiers visiteurs depuis... depuis des années. Alors, c'est compris ? Motus.

Et le brigadier Kropotel s'enfonça dans la nuit transylvanienne, ventre en avant, menton rentré, d'un pas martial et téméraire.

Chapitre 15

– Vous êtes sûr que c'est lui, au moins ? haleta Henri Rumboll, soufflant comme un phoque.

Satanée montagne. Ça grimpait de plus en plus dur !

— Sûr, marmonna le brigadier, pressant la gousse d'ail au fond de sa poche. Aussi sûr que le créateur a créé les vers de pomme.

Les deux hommes avaient attendu, pour leur expédition, le premier rayon de soleil sur les crêtes.

La montagne se teintait de rose, mais ces messieurs n'étaient pas d'humeur à savourer la beauté du paysage. Escalader la pente raide en pataugeant dans la neige les neutralisait entièrement.

Pour ne pas alerter l'ennemi, ils avaient dédaigné le chemin et attaqué le piton par sa face nord, loin des sentiers battus. Mais ils n'étaient plus si sûrs d'avoir été bien inspirés.

— Écoutez ! chuchota Kropotel soudain. Vous entendez ?

Pas de réponse. Il se retourna. Son compagnon s'était volatilisé.

Le sang du brigadier se glaça. Un vampire pouvait-il enlever sa proie dans les airs ?

— Kropotel ! vous rêvez ? tonna la voix du maire depuis les entrailles du sol. Sortez-moi de là, cré bon sang !

Alors Kropotel vit un crâne émerger d'un creux de neige molle. Il aida l'infortuné maire à s'extraire de ce piège, puis il répéta :

— Vous n'entendez rien ? Ça fait deux fois que j'entends de drôles de bruits, là-haut...

Laborieusement, ils reprirent leur ascension. De temps à autre, en effet, il leur semblait entendre des choses, et c'est au débouché d'une clairière qu'ils comprirent.

Ils avaient eu beau se lever tôt, ils n'étaient pas les premiers sur ces pentes : d'autres étaient arrivés avant eux, par le chemin, tout bonnement.

Tapis derrière un fourré, Kropotel et Rumboll regardèrent les gens de cinéma mettre en place leur bataclan, projecteurs, perches, caméras et autres accessoires disparates. Un peu plus loin, des hommes dressaient de grandes tentes qui tiendraient lieu de vestiaires et de bureaux temporaires.

— Vous auriez pu me le dire, s'exaspéra Rumboll, qu'ils s'installaient là ce matin !

— Il aurait fallu le savoir ! Et qu'est-ce que ça peut faire ? On a le droit de passer là aussi, non ?

— Et s'ils nous demandent ce qu'on va faire là-haut ? Qu'est-ce qu'on leur répond ? Hein ?

— Euh, improvisa Kropotel. Qu'on cherche des champignons ?

— Sous la neige, abruti ? Non. Ne nous montrons pas. S'ils flairaient quelque chose, tout serait fichu, ils plieraient bagage.

— À propos de flairer, souffla Kropotel. Trouvez pas que ça sent le lard grillé ?

— Si, et je vois même d'où ça vient, répondit le maire, les yeux sur le fourgon de ravitaillement. C'est du bacon en train de frire.

La moitié de l'équipe de tournage battait la semelle autour du véhicule, engloutissant avec méthode pains chauds au bacon et café brûlant.

Le maire et le brigadier se turent. Ni l'un, ni l'autre n'avait pris le temps d'avaler le moindre morceau avant de se mettre en route. Ce fumet de bacon grillé était un véritable supplice de Tantale.

Comme pour parfaire la torture, Kropotel sortit de leur étui les jumelles pendues à son cou et les braqua sur la poêle.

Au même instant – pure coïncidence – une seconde paire de jumelles venait de se braquer sur cette poêle !

À l'autre bout de la clairière, derrière un autre fourré, le shérif armé de jumelles dévorait des yeux le même bacon.

— Chef, s'il vous plaît ! suppliait Roy. Laissez-moi jeter un coup d'œil aussi. Je meurs de faim !

Les deux campeurs avaient été arrachés du sommeil par l'arrivée en fanfare de l'équipe de tournage. À peine s'ils avaient eu le temps de s'habiller en hâte et de démonter leur tente à la diable ; déjà les gens de cinéma envahissaient la clairière.

Tout comme le maire et le brigadier, le shérif et son adjoint avaient l'estomac cruellement vide.

— Cette Kitty, grogna le shérif en regardant la jeune serveuse s'affairer à ses fourneaux. Elle sait vous faire sauter du bacon, ça oui !

— Elle a toujours su y faire, chef ! approuva Roy en salivant.

Il se voyait de retour au *Drake Snack*, prêt à passer commande.

Là-bas, sous l'auvent du fourgon, loin de se douter qu'on l'épiait, Kitty étalait avec amour ses tranches de bacon dans la poêle. Et les petits rubans de viande fumée grésillaient allégrement, crachant dans l'air du matin leurs joyeux postillons de graisse.

— Je pourrais avoir un café, s'il vous plaît ? marmonna une voix renfrognée. Et un petit pain au bacon ?

— Ça vient, ça vient ! répondit Kitty, avec un franc sourire pour sa cliente.

C'était Sibyl Bockey, Kitty le savait – premier rôle féminin du film et déjà prête pour les caméras, du bout de ses ongles vernis à la pointe de ses cils courbes.

Mais un garçon de courses, nez au vent, court-circuita la file d'attente et ordonna :

— Deux cafés et quatre petits pains au bacon, quatre ! C'est pour M. Goddam et

M. d'Anldau, et que ça saute ! Et ils veulent leur bacon croustillant et leur café bien chaud !

Kitty se tourna vers Sibyl avec un sourire navré.

— Désolée, je vais vous demander de patienter un peu. Mais c'est mon premier jour à ce boulot, alors il vaut mieux que le patron passe en premier, j'imagine.

— J'imagine aussi, grogna Sibyl.

Sous la tente la plus spacieuse, celle qui servait de bureaux, Hiram P. Goddam et Jeffroy d'Anldau, le célèbre producteur et le jeune cinéaste plein d'avenir, attendaient avec impatience leur café – et avec plus d'impatience encore l'arrivée de la vedette du film.

— Il est neuf heures passées, monsieur Goddam, s'inquiétait le jeune cinéaste. Et toujours pas de nouvelles de votre comte Alucard.

— Il va arriver, Jeffie, assurait le producteur, une pointe de doute dans la voix. Il m'a donné sa parole, et la parole d'un comte transylvanien vaut de l'or…

***

— Nom d'une citrouille, shérif ! murmura Brad Roy, renonçant à suivre aux jumelles le météore qui dévalait la pente au-dessus d'eux. Z'avez vu ce...

— C'est lui, Brad, coupa le shérif. J'en suis sûr.

Il saisit les jumelles et les braqua sur l'objet noir qui louvoyait entre les sapins, grossissant à vue d'œil.

Ayant passé le plus clair de la nuit à écouter les loups et bâtir des châteaux dans sa tête, le comte s'était assoupi au point du jour.

Résultat : deux heures plus tard, il venait de s'éveiller en sursaut. Nom d'une pipe, il était en retard ! En retard sur le plateau, le premier matin du tournage ! Quelle mauvaise impression il allait faire !

Pour rattraper le temps perdu, il ne restait qu'une solution : user d'un moyen de transport performant.

Dans le but de gagner de la vitesse, le comte avait perfectionné son engin : le couvercle seul, détaché du coffre, faisait une luge encore mieux profilée !

Et c'est ainsi que la star attendue, à plat ventre sur son bolide, fonçait le long de la pente. Ses grands pieds traînant dans la neige faisaient office de gouvernail. Sa longue cape battait au vent, immense papillon rouge et noir.

De temps à autre, le bolide décollait sur une bosse, planait dans les airs un instant, puis retombait dans la poudreuse, auréolé d'éclaboussures.

***

— Par tous les saints ! bégaya le brigadier, et il passa ses jumelles au maire, accroupi à ses côtés. Regardez. Vous me croyez, maintenant ?

— Le ciel nous protège ! souffla le maire. Brigadier, vous disiez vrai. Il est de retour !

Au même instant, un hurlement de loup s'éleva au loin (pas assez loin, de l'avis du maire et du brigadier).

— Vous entendez ? souffla Kropotel. *Eux aussi* le savent, qu'il est de retour. À votre avis, monsieur le Maire ? Qu'est-ce qu'on fait ? On l'arrête dès qu'il s'arrête ?

— Non, décida Rumboll, dont l'ardeur combative venait de faiblir subitement. Non, on va plutôt… on va plutôt attendre notre heure, brigadier. Le temps joue pour nous. Cette vermine ne se doute de rien. Nous agirons… en temps utile.

***

À l'autre bout de la clairière, dans le fourré

d'en face, le shérif et son adjoint étaient en proie aux mêmes affres.

— Qu'est-ce qu'on fait, shérif ? s'inquiétait Roy, les yeux sur le bolide approchant. On lui passe les menottes dès son arrivée ?

Mais le shérif fit non de la tête.

L'idée de se retrouver nez à nez avec le suspect avait soudain perdu son attrait. Le shérif se rappelait, brusquement, l'inquiétante façon dont le détenu s'était volatilisé de sa cellule. Qui pouvait dire de quoi était capable une telle créature ?

— Surtout pas, Brad, répondit-il d'un ton de grande sagesse. Surtout, ne rien brusquer. On va plutôt attendre notre heure. Agir en temps voulu… Au fait, t'entends ça ? Encore ces coyotes !

— C'est des loups, chef. Je vous l'ai dit cette nuit.

— Coyotes ou loups, on dirait qu'ils se rapprochent. J'aimerais bien qu'ils arrêtent, eux aussi.

***

Et le comte Alucard slalomait à cœur joie, sans se douter que les forces de l'ordre, internationales s'il vous plaît, l'attendaient pour le cueillir – les unes en temps utile, les autres en temps voulu.

Mais lui, sans se douter de rien, ne rêvait qu'à ses débuts d'acteur. Apercevant, dans la clairière, les projecteurs et les caméras, il eut un petit sursaut de joie et commença à freiner.

Le grand jour était arrivé, le jour qui allait changer sa vie…

Chapitre 16

— Non et non, c'est impossible, protestait le comte atterré. Pas question pour moi d'accepter !

Assis sous la tente du producteur, le dos rond, il tenait entre ses longues mains tremblantes les pages du nouveau scénario.

— Ce n'est pas du tout, du tout, l'histoire dont vous m'aviez dit que…

— Ah ! Dracky baby, gloussa Goddam, la main sur son crâne en boule de billard. C'est le show-biz qui veut ça. Oui, on a été obligés de réaménager un peu le scénario.

— Un peu ? Vous me faites vampire suceur de sang, frissonna le comte. C'est contraire à ma nature.

— Ouais, bon, d'accord, plaida le producteur, tirant sur son cigare. Mais c'est jamais que du cinéma !

— Vous aviez dit que, dans le film, on me verrait tel que je suis en vrai, poursuivit le comte. Et qu'est-ce que c'est que cette horrible scène où j'entre dans un orphelinat, la nuit, pour y faire un sort à tous ces pauvres petits en pyjama ?

— Pas tous, allons, Drac vieux frère. Quatre seulement. Et on peut descendre à trois, s'il le faut. Après ça, le homard géant intervient et...

— Il n'y a pas de homards géants en Transylvanie, monsieur Goddam, laissa tomber le comte, glacial. Ni nulle part ailleurs, que je sache.

— C'est un film d'horreur, Dracky, plaida le producteur, les mains en avant. Pas une reconstitution historique.

Mais le comte se leva et déposa les feuillets sur la table.

— Je suis désolé, monsieur Goddam. Je vous prie de m'excuser pour la gêne que ma décision pourrait causer, mais je dois vous dire, sans plus attendre, qu'à mon grand regret il m'est impossible de participer au tournage de ce film. Vous trouverez, j'en suis certain, un acteur confirmé qui se fera un plaisir d...

— Il n'en est pas question, Alucard ! rugit Goddam en sautant sur ses pieds à son tour, plus rouge que la pointe de son cigare. Vous avez signé pour faire ce film et vous le ferez !

— Absolument pas, répondit le comte, aussi tranchant que courtois. Le film pour lequel j'ai signé devait me montrer sous mon jour véritable. Vous m'aviez promis sur l'honneur...

— Promis ! explosa Goddam, hilare. Les promesses sont une chose, Dracky-baby, et les contrats une autre !

Il tira de sa poche les quinze feuillets sur lequel le comte avait apposé sa signature, à Los Angeles, quinze jours plus tôt.

— Relisez ces contrats, Drac très cher. Relisez-les ! Vous n'avez donc pas lu les passages en petits caractères ?

— Je n'ai même pas lu les passages en gros caractères ! avoua le comte, confus. Je vous faisais confiance, moi.

Goddam se saisit d'une loupe et lut à voix haute :

— *Le contractant acceptant le premier rôle, ci-devant nommé comte Alucard, accepte par la présente de se plier à toutes les exigences du contractant producteur,* etc. Je vous fais grâce des détails, mais ce sont mes avocats qui ont rédigé ce contrat. Je peux vous dire, Drac vieux frère, il est en béton. Vous avez signé, vous ferez ce qu'on vous dira de faire !

— Ah oui ? Et si je refuse ? s'offusqua le comte, très raide. Vous ne pouvez pas m'obliger à jouer un rôle dont je ne veux pas.

Goddam leva les bras au ciel d'un air faussement scandalisé.

— Refuser, vous ? Rompre un contrat ? Ne pas tenir parole ? La parole d'un Alucard ? Ce qui est signé est signé, Dracky. Et si vous refusez, comme vous dites, mon département publicité saura vous faire si bonne presse que vous n'aurez plus qu'à vivre au fond d'un puits !

Le comte pâlit.

— Vous ne feriez pas cela…

— Je ne le ferai pas, sourit Goddam, parce que je n'aurai pas à le faire. Je ne le ferai pas, parce que vous jouerez le jeu. Mais essayez un peu de refuser, comme vous le prétendez ! Mes publicitaires vous feront votre affaire. Vous avez peu d'amis, dites-vous ? Quand mes hommes seront passés par là, vous n'en aurez plus l'ombre d'un. Il n'y aura plus un être sur terre pour vous adresser la parole. Allons, soyez beau joueur, Drac, très cher. Allez voir la maquilleuse, qu'elle vous fasse de beaux yeux cernés de noir. Et rappelez-lui, aussi, de vous mettre un peu d'hémoglobine au menton, qu'on sache que vous venez de vous offrir un petit en-cas bien saignant.

Tête basse, le comte sortit de la tente. Il baissait tellement le nez qu'il ne vit même pas Kitty lui adresser un grand geste amical depuis le fourgon de ravitaillement.

— Ça alors ! s'écria Kitty, tendant son café à Sibyl.

— Oui, quoi ? grogna vaguement l'actrice.

— Incroyable, dit la jeune serveuse, désignant d'un signe de tête le comte qui venait de s'asseoir à l'écart, sur une souche, tout à ses pensées moroses. Je quitte le Kansas, je fais dix mille kilomètres, et qui je retrouve ? Quelqu'un que j'ai connu là-bas ! En plus, c'est la deuxième fois que ça m'arrive, la deuxième fois en moins de vingt-quatre heures. Le monde est petit, vous ne trouvez pas ?

L'actrice ne répondit pas. Son attention était ailleurs, sur Frank Homlor qui sortait des mains de l'habilleuse, tout empêtré de son costume de homard.

Pinces écartées en balancier, le malheureux marchait en canard – beaucoup plus qu'en crustacé. Avancer sur de la vraie neige en tenue de homard géant exigeait nettement plus de métier qu'en costume de Lapon sur une neige de polystyrène.

— Ce qu'il peut avoir l'air cloche ! gloussa Sibyl. Je vous jure. Regardez cet empoté.

Mais Kitty avait la tête ailleurs. Elle se posait des questions.

Etait-ce vraiment une coïncidence si le shérif et son adjoint se baladaient en Transylvanie en même temps que le comte Alucard ?

Ils étaient venus en touristes, à les en croire.

Kitty soupçonnait à présent qu'ils avaient une autre idée en tête.

Ils n'allaient tout de même pas se mêler d'arrêter ce malheureux comte ?

Machinalement, Kitty parcourut des yeux la clairière, redoutant de voir surgir deux silhouettes familières.

Tiens, justement ! n'était-ce pas eux, là-bas, embusqués derrière un fourré ?

***

Kitty n'avait pas tout à fait tort, et pas tout à fait raison non plus.

Oui, le shérif et son adjoint se cachaient bien derrière un fourré, mais ce n'était pas celui-là. Les têtes que Kitty venait d'apercevoir, haussant le col par-dessus les ronces, étaient celles de Kropotel et Rumboll.

Et si le maire et le brigadier pointaient le nez par-dessus leur buisson, c'était pour observer le bas des pentes, du côté de la bourgade. Quelque chose dans cette direction attirait leur attention.

Ce quelque chose, à vrai dire, était aisé à identifier : un petit détachement en provenance du bourg s'apprêtait à gravir la pente. Un petit détachement armé, brandissant des faux, des fourches, des gourdins et des rateaux…

Kropotel cligna des yeux.

— Ventrebleu ! Mais qu'est-ce que c'est ?

— Ce que c'est ? gronda Rumboll. Je vais vous le dire, ce que c'est, brigadier : votre femme qui a fait des siennes. Une fois de plus. Incapable de tenir sa langue. Elle aura été raconter à tout le bourg que le vampire est de retour !

— Elle ? s'étouffa Kropotel.

— Et qui d'autre, hein ? Qui ? Sinon, pourquoi la moitié du village viendrait faire les foins par ici ?

Le diagnostic était bon. Sitôt le maire et son mari partis à la chasse au vampire, Irma Kropotel avait couru mettre sa voisine dans le secret. En la priant, naturellement, de garder ledit secret pour elle.

Et naturellement la voisine, dans sa générosité, avait partagé le secret avec son autre voisine, en la priant de le garder pour elle.

Et la voisine de la voisine…

Résultat, à l'heure du café au lait, tout Rumptoft était au courant : un vampire hantait la montagne. Un vampire, deux vampires, toute une bande de vampires ! Le bourg était menacé. Il fallait protéger les enfants.

Les petites mères-grand. Les chats. Les oies. Les chèvres. Les canaris…

Il fallait agir, et vite !

Déjà montaient les harangues, portées par la brise du matin.

— Sus aux vampires !

— À bas les Alucard-Dracula !

— Extermination !

— Dévampirisation !

Le maire se tourna vers le brigadier.

— Je vous l'avais dit, pourtant, Kropotel, de ne pas souffler mot à votre femme ! À elle seule, elle vaut Internet et tous les tambours de ville réunis.

Mais Kropotel le tira par la manche.

— Nom d'un chien, regardez, là derrière ! Vous voyez ce que je vois ?

Le maire suivit la direction indiquée.

Oui, il voyait.

Deux têtes. Dépassant d'un buisson. Des espions à l'affût ! Mais ces deux-là, au lieu d'observer le pied de la montagne, surveillait avec insistance l'amont des pentes.

— Qui c'est-y, c'est deux-là ? chuchota Kropotel. Qu'est-ce qu'ils fabriquent ici ?

Rumboll hocha la tête comme un vieux cheval fatigué. Toute cette affaire le dépassait complètement.

***

Le shérif et son adjoint étaient loin de se douter qu'ils étaient repérés.

D'ailleurs, s'ils l'avaient su, s'en seraient-ils souciés ? Ils avaient d'autres alarmes : là, sous les sapins, des loups, une meute entière de loups, à trente pas de leur cachette !

— Shérif ? murmurait Roy, les jambes molles. Croyez qu'ils vont attaquer ?

— J'en sais rien, Brad. J'en sais fichtre rien. Jamais vu ces bestiaux de si près. Sauf dans un zoo, bien sûr, derrière un solide grillage.

De leur côté, les loups en question – hormis les doyens de la meute – avaient rarement vu de si près ces bipèdes nommés humains.

À leur avis, ça ne sentait pas bon ; et ça n'était pas très joli à voir. À part le gentil humain à cape noire qui avait jadis vécu dans le secteur, et à part cet autre, en robe à fleurs, qui avait campé là un été (et qui les avait régalés de bœuf en gelée), les humains n'étaient franchement pas fréquentables.

En fait, depuis des générations, jamais les loups n'étaient descendus aussi bas sur les pentes. Le besoin ne s'en était pas fait sentir. Le gibier abondait sur les hauteurs ; même au cœur de l'hiver on trouvait de quoi se caler l'estomac sans empiéter sur le territoire des humains.

Les gens de la vallée, de leur côté, ne voyaient aucune raison d'empiéter sur le territoire des loups, du moment que chèvres et volailles répondaient présentes à l'appel.

Mais pourquoi donc, ce matin-là, les loups avaient-ils décidé de pointer le museau hors des sapinières ?

On en est réduit aux hypothèses.

Peut-être avaient-ils flairé la présence, dans la nuit baignée de lune, de leur vieil ami à cape noire ?

Peut-être avaient-ils été intrigués, tandis qu'ils patrouillaient à l'aube, par la lumière des sunlights entraperçue entre les troncs ?

Peut-être alors, descendant pour enquête, avaient-ils aperçu la silhouette d'Hetty Goddam dans sa fourrure neuve ?

Peut-être l'avaient-il prise pour quelque animal inconnu faisant intrusion sur leur domaine, et qu'il fallait refouler ?

Peut-être ensuite, s'étant avancés, avaient-ils capté le fumet de pain chaud et de bacon frit ? Car, il faut ici le préciser, même si la montagne offrait bonne chère à suffisance, pour les loups, éternels affamés, elle n'en offrait jamais *trop*.

Nul ne saura sans doute jamais le fin mot de l'histoire.

Toujours est-il que les loups piaffaient en lisière des sapins, humant à plein museau l'odeur tentatrice de viande chaude, lorsque les événements se précipitèrent d'un coup.

Soudain, au milieu de la clairière, les loups repérèrent un gros gibier, offert comme sur un plateau, et manifestement incapable de fuir !

Ce qu'était cette proie au juste, les loups n'en savaient rien. Mais c'était rose et bleu et rebondi, et très probablement juteux. Et c'était renversé sur le dos, agitant vaguement dans les airs de grosses pinces rouges. Ça ressemblait un peu à un perce-oreille géant, en plus charnu et certainement plus succulent.

Dans leurs petites têtes de canidés, les loups raisonnaient intensément. N'avaient-ils pas droit à ce mets au moins autant que les humains, qui d'ailleurs n'avaient pas l'air d'en vouloir ?

Parvenus à conclusion, les loups passèrent à l'action.

Comme un seul loup, ils foncèrent.

Chapitre 17

Curieusement, Frank Homlor, dans son armure de crustacé, se serait sans doute bien volontiers laissé dévorer par les loups s'il avait su combien ceux-ci le trouvaient appétissant.

Renversé sur le dos, impuissant, il se débattait de plus en plus mollement dans ce damné costume de homard.

Oui, s'il avait su, peut-être se serait-il offert en pâture ? N'avait-il pas souhaité, à l'instant même, voir la terre s'ouvrir et l'engloutir tout entier ?

Se faire engloutir par des loups ou par les entrailles de la terre, où était la différence, après tout ?

Le drame s'était passé très vite et pourtant, à son désarroi, il l'avait vécu au ralenti.

Une minute plus tôt, sortant de la tente d'habillage, il avait eu un sursaut de joie en apercevant Sibyl, l'objet de toutes ses pensées, devant le fourgon de ravitaillement. Il s'était élancé vers elle…

Mais une carapace de homard n'a jamais été conçue pour le sprint. Sa pince arrière gauche avait dérapé sur la neige gelée. Sa pince arrière droite, voulant rétablir la situation, avait glissé vers l'avant à son tour.

Une fraction de seconde, l'acteur avait cru flotter en arrière, avant de s'affaler de tout son long sur le dos, le choc amorti par la neige et par l'épaisseur de la carapace.

Rien de cassé ? Apparemment non.

Mais le pire était à venir.

Le pire avait été de découvrir qu'il avait beau se trémousser, agiter les pinces en tous sens, il était comme une tortue sur le dos. Pour se redresser, bernique. Et le pire du pire était que Sibyl, loin de voler à son secours, Sibyl avait éclaté de rire ! Oui, il l'avait entendue rire, il l'avait vue par la fente ménagée pour les yeux dans son heaume de homard. Tête renversée en arrière, Sibyl Bockey riait à gorge déployée.

Pour la première fois de sa jeune vie, Frank

Homlor souhaitait disparaître. Se transformer en fumée.

— Arrête de gigoter comme ça, nom d'un chien ! hurla Goddam depuis l'entrée de sa tente. Tu vas nous massacrer ce costume !

Du coup, tout le monde vint voir ce qui se passait. L'équipe entière fit cercle, histoire de rire un coup – acteurs, actrices, caméramen, perchistes, ingénieurs du son, éclairagistes, costumières, maquilleuses, secrétaire de plateau, accessoiriste, réalisateur, scénariste, tous, attirés par le bruit, tous vinrent se régaler du numéro de clown offert par le homard géant.

C'est alors que les loups chargèrent. Juste comme le jeune acteur venait de supplier la terre de s'ouvrir grand pour l'engloutir.

Par la fente de sa carapace, Frank vit la meute foncer sur lui.

Mais il n'eut pas le temps de se demander si ce genre de fin lui convenait. Car deux témoins intervinrent – avec une rare présence d'esprit.

Revenant à la réalité, le comte bondit de sa souche pour voler au secours de l'acteur.

À la même seconde, Kitty ne fit ni une, ni deux. Saisissant bacon et petits pains, elle les lança, comme on jette des fleurs, en direction des loups au galop.

Bien malin qui pourrait dire laquelle des deux interventions fut la bonne. On ne saura sans doute jamais laquelle coupa l'élan des loups et les dissuada de décortiquer le plastique du faux crustacé pour mettre à nu la chair fraîche.

Toujours est-il que, tandis que la meute happait au vol les amuse-gueule – non sans quelques prises de bec, comme dans toute meute qui se respecte –, le comte aida le plat de résistance à se remettre sur pinces.

***

C'est alors qu'une troisième intervention vint compliquer les événements.

Une petite troupe armée – de fourches, de faux, de houes et autres accessoires bucoliques – fit irruption dans la clairière, scandant des slogans sanguinaires.

— Sus au vampire !

— À bas Dracula !

Le shérif jaillit de son fourré.

— Il est à nous, Brad ! À nous de l'arrêter !

Dans le fourré d'en face, Rumboll écumait.

— Brigadier, je vous l'avais bien dit !

Et à son tour il se jeta dans la mêlée.

Ce fut un charivari grandiose.

Dans leur hâte à ceinturer le comte, les Rumptoftiens bousculaient les loups, allant jusqu'à leur marcher sur les pattes. Les canidés ripostaient en croquant des mollets au hasard, en plus des petits pains au bacon.

Les gens de cinéma, affolés, voulurent sauver leur précieux matériel et ne firent qu'ajouter à la confusion. Les tentes s'écroulaient, les perches basculaient, les projecteurs s'abattaient au sol, entraînant les caméras dans leur chute.

Le shérif et son adjoint, refusant toute concurrence dans la capture du vampire, en vinrent aux poings avec les intrus, lesquels se retournèrent contre le maire et le brigadier.

On ne savait plus qui tapait sur qui.

Un peu à l'écart de la mêlée, pourtant, quelqu'un n'avait rien perdu de ses bonnes manières.

— Chère petite madame, quelle heureuse surprise ! s'écria le comte en voyant Kitty se

faufiler vers lui. Quel bonheur de vous revoir – même si les circonstances, n'est-ce pas…

Frank Homlor à son tour tendit une pince vers la jeune serveuse.

— Euh, merci d'être venue à mon secours. Enfin, je veux dire, merci d'avoir détourné l'attention des fauves. Sinon, c'était moi la pâture.

— Merci de rien ! répondit gaiement Kitty.

Il fallait bien faire quelque chose. Quand j'ai vu tous ces gens qui riaient bêtement, bras ballants…

L'acteur ne dit rien mais, sous son casque de homard, il battit des paupières pour écraser une larme. Il savait trop bien qui avait ri le plus fort.

— Je m'en voudrais de vous bousculer, reprit le comte, toujours aussi courtois, mais je suggérerais, chère petite madame, que nous quittions les lieux séance tenante. À moins que vous n'ayez de bonnes raisons de rester ici ?

La jeune serveuse jeta un regard au tourbillon de loups et d'hommes.

Sa réponse fut un cri du cœur :

— Rester ici ? Sûrement pas ! D'ailleurs le tournage est terminé, je crois. Mais... comment partir d'ici ?

— Donnez-moi votre main, petite madame, dit le comte. Et permettez que je vous offre une place à bord de mon... à bord d'un véhicule qui facilitera grandement notre fuite.

— Euh..., hésita Frank sous sa carapace. Je ne suis pas très sûr de tenir à une carrière d'acteur, finalement. Vous auriez une troisième place ?

— Mais certainement, répondit le comte.

Et, prenant la petite main noire de Kitty Beaumont d'un côté, la grande pince rose de Frank Homlor de l'autre, le comte les entraîna tous deux vers son engin de course.

La dernière vision qu'eut Frank Homlor du champ de bataille, à travers la fente de son heaume, fut celle de Sibyl Bockey se protégeant la tête à deux mains et hurlant, hystérique :

— Par pitié, non ! Par pitié ! Que personne ne touche à ma coiffure ! J'ai mis des heures à me faire ce brushing, ce matin !

L'instant d'après, une longue luge noire qui ressemblait fort à un couvercle de cercueil dévalait la pente à vive allure avec trois passagers à bord : un grand diable à cape noire, une jeune femme au sourire de neige et un homard géant, tous trois filant vers le bourg, vers le vaste monde et la liberté.

***

— Je crois c'est fichu, pour ce tournage, monsieur Goddam, soupira Jeffroy d'Anldau, repoussant de la pointe du pied un vestige de projecteur.

Le calme était revenu depuis une heure déjà, mais la clairière avait quelque chose d'une décharge municipale. Caméras, perches, micros et autres engins hors de prix gisaient dans la neige, éventrés. Les tentes à demi effondrées achevaient de raconter l'histoire.

Les Rumptoftiens et les loups s'étaient quittés sur un match nul, et chaque équipe était repartie de son côté. Le shérif Ross et son adjoint avaient plié bagage et repris la longue route du retour. Le maire et le brigadier, perdant tout espoir de mettre la main sur le comte, étaient redescendus vers le bourg.

— N'importe comment, grogna le producteur, la Transylvanie, pour tourner un film, c'est plus ce que c'était.

Dans sa poche de veston, à tâtons, il cherchait un cigare. Hélas pour lui, dans la mêlée, son stock avait été réduit en purée.

— Si tu ne fais pas ce film, Hiram, s'informa Hetty Goddam, ça veut dire qu'on repart demain ? Tu crois que j'aurai le temps de passer dans cette boutique qui était fermée hier, tu sais, avec le vison en vitrine ?

S'étant avisée que les loups regardaient sa fourrure d'un drôle d'œil, elle avait laissé passer la tourmente perchée sur une branche de sapin.

— Vison ? grogna son mari. Râpé pour le vison, ma belle. Même du lapin mort de maladie serait trop cher pour ma bourse. Nous n'avons plus un sou devant nous !

Chapitre 18

— Chère, chère madame ! s'enthousiasma le comte en parcourant des yeux le décor familier. Rien n'a changé ! Tout est exactement comme au jour de mon départ !

Et c'était vrai. La petite chambre claire et pimpante était *exactement* telle qu'il l'avait quittée, près d'un an auparavant : l'armoire costaude en noyer massif ; la commode ventrue assortie ; le petit vase ébréché sur son napperon au crochet, avec un bouquet de fleurs des champs. Au-dessus du lit de cuivre, dans leur cadre doré, les deux chatons pointaient le museau, l'air étonné, hors de leur panier. Le couvre-lit fleuri était tendu sans un pli sous l'oreiller lisse et rebondi.

Mais le plus divin de tout était l'odeur de

chèvrefeuille qui entrait par la fenêtre ouverte.

La vieille dame sourit, radieuse.

— Oui, dit-elle, j'ai fait de mon mieux pour tout conserver en l'état. J'avais toujours ce petit espoir que vous reviendriez un jour.

— Pas fâché d'être de retour, ma foi, murmura le comte à mi-voix.

— Oh, rien ne vaut son petit chez soi, dit la vieille dame.

— Sauf que ce n'est pas tout à fait chez moi, rectifia le comte un peu triste.

— Oh, vous savez, comme on dit : chez soi, c'est là où on a son cœur.

Le comte réfléchit une seconde et sourit.

— Le proverbe a raison, dit-il.

***

— Tout ça, c'est de votre faute, brigadier, grommelait le maire en vidant son verre, les yeux sur la place déserte.

La neige avait fondu depuis longtemps et la montagne était en fleurs, mais la bonne ville de Rumptoft n'avait pas revu un touriste.

— De ma faute ? Qu'est-ce qui est de ma faute ?

— Si vous n'aviez pas fait capoter le tournage, ce film aurait été une merveilleuse publicité pour Rumptoft. Les touristes seraient venus ici par cars entiers.

— Dites, j'y suis pour rien ! C'est ma femme !

— C'est ma femme qui quoi ? Hein ? grinça Irma Kropotel qui venait de surgir sans prévenir, flanquée des deux petits Kropotel. C'est toi qui as tout commencé, oui, avec tes histoires de vampires prêts à se jeter sur ces pauvres petits. Je te demande un peu ! Tout ça, parce qu'ils étaient allés jouer sur la montagne !

— Dis, maman ! On peut y aller, sur la montagne, là, maintenant ?

— Oui, mes agneaux, vous pouvez y aller, défia Irma Kropotel, regardant son mari dans les yeux. Vous pouvez y aller tant que vous voulez. Mais faites attention aux pierres branlantes, et redescendez pour goûter !

Konrad et Gretel s'envolèrent comme deux moineaux, sans laisser aux grandes personnes le temps de se raviser.

À vrai dire, ils étaient déjà remontés jouer dans les ruines. Ils y étaient allés plusieurs fois, sans demander la permission. Mais jamais ils n'avaient revu le gentil monsieur à la luge noire avec qui ils s'étaient tant amusés, par un après-midi d'hiver.

Peu importait. Gambader là-haut leur suffisait. Il y avait des lapins, des oiseaux, des prés en pente où faire des galipettes – que demander de mieux quand on a huit ans et un jeune corps monté sur ressorts ?

***

— Je pourrais avoir un deuxième café ? hasarda le shérif, poussant son gobelet vide sur le comptoir du *Drake Snack*.

— Moi aussi, ce serait pas de refus, lui fit écho son adjoint.

— Y a plus de café, grogna Doris, la nouvelle serveuse. Et vous avez vu l'heure, en plus ? N'avez donc rien à faire, vous deux ? Parce que, moi, faut que je débarrasse.

Le shérif Ross serra les dents et descendit de son tabouret sans mot dire. Son adjoint l'imita avec un gros soupir. Les deux homme sortirent côte à côte, regagnèrent leur véhicule en silence et claquèrent les portières, résignés.

De retour de leurs vacances en Europe, les deux policiers du Kansas avaient renoué avec la routine : vols de voitures, tiroirs-caisses pillés…

Mais quelque chose manquait dans leur vie.

Peut-être un sourire de neige à l'heure de la pause café ?

***

— Alors ça ! Quelle heureuse surprise, murmura le comte, parcourant la missive que le facteur (un nouveau, toujours de belle humeur) venait de lui apporter.

— De bonnes nouvelles, monsieur Alucard ? s'enquit Mme Prendergast, posant sur la table d'osier un pichet de citronnade et une soucoupe de biscuits maison.

Son pensionnaire venait de s'installer sous la tonnelle, bien décidé à s'attaquer à la pile des numéros de *La Gazette du fabricant de cercueils* arrivés en son absence et qu'elle avait mis de côté pour lui.

— Vous souvenez-vous, lui dit le comte, de ces deux amis dont je vous parlais hier, ces deux jeunes gens que j'ai rencontrés dans mes voyages : Kitty Beaumont et Frank Homlor ?

— Oui, oui, je crois me souvenir, répondit la vieille logeuse en s'asseyant dans le fauteuil de rotin. Miss Beaumont était la gentille serveuse, n'est-ce pas ? La petite serveuse du *Drake Snack*. Et M. Homlor, c'est bien ce jeune gentleman qui devait tenir le rôle du homard géant, dans ce film où vous-même avez failli tenir le premier rôle ?

— Tout à fait, chère madame, répondit le comte, se penchant pour emplir leurs deux verres de citronnade fraîche. Eh bien, figurez-vous, ils m'écrivent pour me dire qu'ils viennent d'ouvrir ensemble un restaurant de fruits de mer sur la baie de San Francisco. *Le Homard Bleu*, ils l'ont appelé.

— C'est merveilleux ! s'écria la vieille dame. Je leur souhaite beaucoup de succès.

— Mais ce n'est que la moitié de l'histoire. Apparemment, dans la foulée, ils ont décidé de se marier.

— À la bonne heure ! Et, d'après ce que vous m'avez dit de chacun d'eux, ils ont toutes les chances de convenir parfaitement l'un à l'autre.

— Tout est bien qui finit bien, murmura le comte en grignotant d'un air rêveur un macaron à la noix de coco. Et je suis heureux, ma foi, de songer que c'est un peu grâce à moi. Allons, mes voyages à travers le monde auront au moins servi à quelque chose…

— J'y pensais justement, dit la vieille dame, elle aussi songeuse, et elle avala une gorgée de citronnade. Je pensais à ce rêve que vous aviez, de faire connaître au monde quel homme vous êtes vraiment – délicat, attentionné, charmant…

— Vous me flattez, chère madame, interrompit le comte. Mais poursuivez, je vous prie.

— Oui, j'y pensais, et je me disais : pourquoi ne pas raconter vos aventures dans un livre ? Exactement comme vous venez de me les raconter à moi ? Après tout, j'ai pris grand plaisir à les écouter. Et les lecteurs seraient ainsi en mesure de juger par eux-mêmes. De cette façon, ils découvriraient votre vrai visage.

— Écrire un livre ? dit le comte, sceptique. Je ne suis pas sûr d'être capable de mener à bien pareille entreprise.

— Mais rien ne vous obligerait à l'écrire vous-même, reprit la vieille dame. Vous pourriez raconter votre histoire à un auteur de métier, qui la rédigerait pour vous. J'ai même déjà trouvé le titre.

— Le titre ? Diable ! Et lequel, si ce n'est pas trop indiscret ?

Sa logeuse semblait si enthousiaste ! Il ne voulait surtout pas la décevoir.

— *La Vengeance du vampire.*

— *La Vengeance...* ? hésita le comte, gêné, entamant un second macaron. Je ne suis pas sûr que vengeance soit le terme qui convienne. Vous savez, me venger n'est vraiment pas mon genre. Et je ne suis pas revanchard non plus, même si le mot revanche me semblerait mieux convenir...

— Impossible, j'ai vérifié : *La Revanche du vampire*, c'est déjà pris. Et d'ailleurs, vengeance a plus de mordant.

— Mais vous ne croyez pas, hasarda le comte, qu'un titre plus aimable conviendrait mieux ? Quelque chose comme *Le Vampire qui n'aurait pas fait de mal à une mouche ?*

— Oh non ! cher comte Alucard. Surtout pas ! soutint la vieille dame aux joues de pomme. J'ai une sœur qui travaille dans une bibliothèque à Kirby. Elle vous dirait qu'un titre court et qui sonne bien est toujours mille fois plus demandé qu'un titre long et alambiqué.

— *La Vengeance du vampire*..., murmura le comte pour lui-même. C'est vrai que ça sonne plutôt bien.

— Et vous désirez qu'un maximum de gens découvrent la vérité sur vous, n'est-ce pas ?

— Absolument, chère madame, approuva le comte. Je désire que le monde entier sache enfin qui je suis vraiment.

— Alors, l'important, c'est un titre qui accroche. Un titre qui attire les lecteurs. Ensuite, le texte saura bien montrer votre vrai nature.

Elle se leva brusquement.

— Vous m'excuserez, cher comte, il faut que j'aille voir où en est mon gâteau au four – un gâteau à l'envers, vous aimez ? Oh, et je voulais vous demander : que diriez-vous d'une crème renversée pour l'accompagner ?

— Mmmm ! Que du bien, se pourlécha le comte.

— Alors, j'y cours. Et pendant ce temps, vous réfléchissez à ma petite proposition, promis ? Je connais un vieil auteur, bien placé dans l'édition, qui se fera un plaisir de rédiger ce récit pour vous, tel que vous le lui raconterez...

Le comte promit d'y réfléchir, et de réfléchir au titre. Il promit solennellement.

Mais il n'y avait pas d'urgence. C'était une belle journée d'été, toute poudrée d'or et de lumière, noyée de couleurs et bercée de bourdonnements d'insectes.

Le comte huma l'air parfumé et se laissa aller contre le dossier de sa chaise longue.

Pour ce livre et son titre, il réfléchirait plus tard. En attendant, il avait mieux à faire.

D'une longue main pâle aux doigts effilés, le comte saisit sur la pile le premier des vieux numéros de *La Gazette du fabricant de cercueils* et entreprit, nonchalamment, de feuilleter le papier glacé.

Willis Hall

L'auteur est né en 1929, en Angleterre. Il habite dans une petite ville du nord de l'Angleterre, Ilkley, car il préfère de loin vivre à la campagne qu'en ville. Il a également une maison secondaire à Malte. Ses quatre fils sont désormais adultes , l'un fait du commerce, un autre est auteur (il écrit des romans historiques), le troisième est journaliste dans un quotidien, et le plus jeune travaille pour une chaîne de télévision.

Écrire est son métier à plein temps depuis une quarantaine d'années. Il a débuté quand il était dans l'armée à la fin des années quarante en Malaisie. À son retour, il a continué à écrire pour la radio, la télévision, le cinéma, et le théâtre. Deux de ses pièces de théâtre ont obtenu des prix.

Il a déjà publié huit livres sur le comte Alucard, et travaille actuellement sur le neuvième. *La vengeance du vampire* est très populaire auprès des enfants ; l'auteur reçoit de nombreuses lettres sur le vampire végétarien ! Le livre a été traduit dans de nombreuses langues, notamment en russe, danois, norvégien, italien, allemand, et, bien sûr, en français...

Du même auteur, en Castor Poche :

Le dernier des vampires, n° 219 ;

Sauvons les dragons !, n° 265 ;

Un si petit dinosaure, n° 370.

Hervé Zitvogel

Le traducteur avait déjà fait connaissance du comte Alucard lors d'un précédent voyage en Transylvanie (*Le dernier des vampires*, Castor Poche n° 219).

« C'était un plaisir de retrouver ce brave comte, toujours aussi drôle, aussi désarmant de candeur et de gentillesse. Quant à la satire du showbiz, où on vous remanie un scénario en un tournemain (mettez-moi un vampire sanglant, trois homards géants et une jolie blonde), est-elle si forcée, au fond ? »

Gaëtan de Séguin des Hons

L'illustrateur, après avoir obtenu le diplôme de l'École supérieure d'arts graphiques, est retourné dans son Languedoc-Roussillon natal. Actuellement, il vit et travaille dans un mas des environs de Montpellier. « Pourquoi rester à Paris quand mes images peuvent très facilement circuler par Internet ? » Passionné depuis toujours par le dessin, il partage son temps entre la peinture et l'illustration. Quand son travail lui en laissera le temps il compte apprendre le danois car, dans la garrigue, ses pas ont croisé ceux d'une jolie Danoise. Alors même si un dessin vaut mieux qu'un long discours...

Cet
ouvrage,
le sept cent
dix-huitième
de la collection
CASTOR POCHE,
a été achevé d'imprimer
sur les presses de l'imprimerie
Maury Eurolivres
Manchecourt - France
en septembre 1999

Dépôt légal : octobre 1999.
N° d'édition : 4260. Imprimé en France.
ISBN : 2-08-16-4260-3
ISSN : 0763-4497-9
Loi n° 49-956 du 16 juillet 1949
sur les publications destinées à la jeunesse